울고
화내고
멍때려라

글 설흔 · 그림 신병근

나무를 심는 사람들

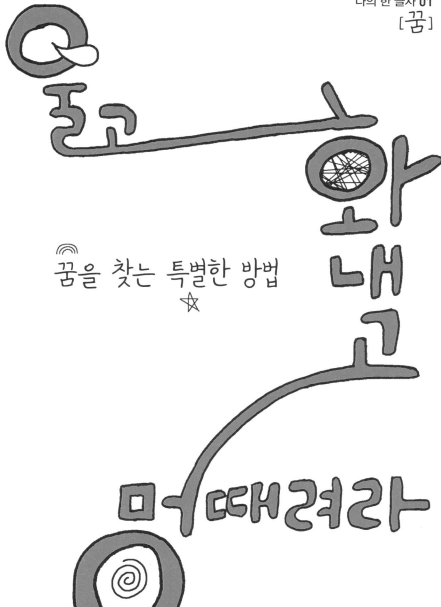

굴고 항내고 머때려라

꿈을 찾는 특별한 방법

얼마 전에 책을 읽다가 신기한 문장을 읽었다. 그 문장은 이렇다.

사람은 병든 후에야 기이해진다.

무슨 뜻인지 잘 모를 테니 그다음 문장도 이어서 소개한다.

기이하지 않으면 속됨을 놀라게 할 수 없다.

여전히 알쏭달쏭한 친구들을 위해 약간 풀어서 설명해야 할 것 같
다. 병들었다는 건 시련을 겪었다는 뜻이다. 기이하다는 건 남과 다른
뭔가를 가지게 되었다는 뜻이다. 속되다는 건 평범하다는 뜻이다. 그
러니까 사람은 시련을 겪은 후에야 남과 다른 특별한 뭔가를 가지게

된다는 의미인 것이다.

꿈에 관한 책의 첫머리에서 왜 이런 말을 하는지 궁금할 친구들도 있겠다. 우선은 이렇게만 말하고 싶다. 꿈은 시련과 쌍둥이라고. 이건 또 무슨 소리냐고? 그러면 이렇게도 말하고 싶다. 친구들이 겪는 시련이 크면 클수록 꿈도 함께 커진다고. 그래도 무슨 말인지 잘 모르겠다고?

여전히 모르겠다면 이 책을 읽어 볼 일이다. 그러니 이제 질문은 그만!

차례

일러두기

- 옛사람의 글은 대부분 부분적으로만 인용했으며 읽기 좋도록 많은 부분을 손보았다.

- 제목은 새로 붙였으며 원제가 있는 경우에는 출처에 표기했다.

- '들어가며'에 쓴 두 문장은 이종묵 선생이 해설한 『양화소록』(이카넷) 1장에서 인용했다.

1

진짜 꿈을
꾸려면

내 꿈이 가짜라고?

만나는 것에 따라 쉽게 취향이 바뀌는 사람들이 있지. 훌륭한 경치를 보면 죽을 때까지 좋은 곳만 찾아다니며 감상하고 싶은 유혹을 느낀다. 뛰어난 문장가를 만나면 그 사람에게 감탄한 나머지 글쓰기보다 보람찬 일은 세상에 없다고 여긴다. 잘나가는 관리를 만나면 또 어떤가? 자신도 벼슬길에 올라 이름을 널리 알리고 싶은 욕망에 빠진다. 흥겨운 잔치에 다녀오면 잘 놀아나 봐야겠다, 하는 쪽으로 다시 마음을 돌린다. 왜 그럴까? 자기 생각이 하나도 없기 때문이다! • 홍길주, 타인의 취향, 『수여연필』

제목이 참 따분하지? 아휴, 또 꿈 이야기네, 속으로 생각하곤 길게 하품을 했을 것만 같다. 그래, 나도 네 마음을 안다. 꿈 이야기, 바닷가의 모래알보다 더 흔하고 흔해서 참 재미없고 지루하지. 차라리 모래알 세는 게 꿈 어쩌고저쩌고하기보다는 더 재미있을지도 몰라. 게다가 현실성도 거의 없지. 우리가 사는 세상은 왜 그리 무섭고 냉정한지 어차피 이뤄지지도 않을 꿈 같은 건 아예 포기하는 게 낫다고 고래고래 소리를 지르는 판이니까. 이런 상황을 나 몰라 하고 꿈에 대해 이러쿵저러쿵 떠드는 건 어린애 소꿉장난 같은 일이거나 미친 짓일지도 모르겠다. 하지만 꿈을 다뤄 달라는 부탁을 받았으니 이야기를 안 할 수도 없다. 꿈 이야기는 넘쳐 나는데 이뤄지기는 불가능하니 도대체 이 이야기가 무슨 소용이 있겠는가 이 말이다. 초반부터 진퇴양난에 빠진 셈이지. 그래서 난 고민, 또 고민을 하다가 꿈 이야기치곤 괴상한 홍길주의 글을 가지고 시작해 보기로 했다. 먼저 질문부터. 홍길주의 글을 읽고 제일 먼저 든 생각이 뭐니?

네가 생각하는 동안 내 머릿속부터 공개하겠다. 난 참 한심한 인간들이로군, 하고 코웃음부터 쳤다. 자기 주관은 아예 없고 그저 유행 따라 이것저것 따라 하기만 하는 꼬락서니가 한심하기 그지없으니까. 그러나 잠시 후엔 참 무서운 글이로군, 하고 몸을 살짝 떨었다.

잠깐 사이에 한심함과 코웃음이 무서움과 덜덜 떨림으로 바뀐 이유가 도대체 뭘까? 나와 관계없는 다른 사람들의 이야기로 읽었을 땐 한심하게 여겼다. 어쩌면 나 들으라고 한 이야기일 수도 있다는 깨달음을 얻은 후엔 등골이 서늘했다. 몸을 덜덜 떨다 보니 이상한 생각이 들었다. 설마 홍길주도 나랑 똑같은 인간이었나?

홍길주를 나와 똑같은 인간의 범주에 넣는 건 얼핏 보기에 별로 옳지 않아 보인다. 홍길주는 좋은 가문의 후예였다. 학식과 글솜씨 모두 뛰어났다. 그럼에도 과거를 포기하고 평생 글쓰기에 매진하며 살았다. 주관이 없기는커녕 주관으로 똘똘 뭉친 사람이었다. 재주도 없으면서 글쓰기로 먹고사는 나와는 참 다르다. 그런데 왜 나는 홍길주가 스스로를 반성하며 위의 글을 썼다고 굳이 믿으려 하는 걸까?

내 생각은 이렇다. 홍길주가 과거를 포기한 건 스스로의 결단 때문만은 아니었지. 어머니의 권유가 있었기 때문이지. 어머니인 영수합 서씨는 홍길주를 앉혀 놓고 가문을 생각해서 제발 조용히 살아 달라고 부탁을 했다. 무슨 뜻일까? 홍길주의 형 홍석주는 이름 높은 정치가였고, 동생 홍현주는 정조의 사위였다. 홍길주마저 잘 나갔다간 사람들의 표적이 될 게 분명했던 거지. 홍길주는 어머니의 요구를 받아들여 평생 벼슬을 하지 않았다.

하지만 홍길주 또한 피 끓는 인간이었다. 잘나가는 형과 동생을 보고도 부처처럼 웃음만 머금고 있을 수는 없었다. 때론 그들처럼 살고 싶었다. 정계에 나아가 자신의 식견을 발휘하고 싶었고 사람들의 시선을 한 몸에 받는 유명 인사가 되고 싶었다. 그렇다. 그도 때로는 속물이었다. 자신은 남들과 다르다고 여겼으나 자기 안에도 분명 남들처럼 잘나가는 삶을 살고 싶은 욕망이 들끓고 있었던 것이다. 그러나 홍길주를 비난할 수는 없지. 홍길주는 우리와 다르거든. 마음이 흔들릴 때 오히려 자신을 냉철히 돌아보았거든. 홍길주는 자신의 잘못을 깨닫는다. 그렇다고 자신을 비난하는 것은 아니다. 그도 사람이므로 당연히 그럴 수 있으니까. 그는 말한다.

'후회가 없는 사람은 성인 아니면 바보다.'

잠깐의 후회 내지 방황 끝에 홍길주는 자신을 되찾았다. 이것이 홍길주의 글에 대한 나의 과감한 추측이다. 실제 홍길주가 그랬으리라는 법은 없겠지. 하지만 그러지 않았으리라는 법도 없다! 아무튼 중요한 건 홍길주가 얻은 깨달음이다. 나는 남과 다른 특별한 존재라는 생각부터 버릴 것! 우리는 남들을 따라 살고 싶어 하는 강력한 욕망을 지닌 존재라는 사실부터 솔직하게 인정할 것! 바꿔 말하면 지금까지 꾸었던 꿈은 내 꿈이 아닐 수도 있다는 뜻이지. 나만의 꿈 찾기는 내 꿈이 내 꿈이 아니었다는 사실을 인정하는 것부터 시작된다.

도대체 왜 비슷하기를 바라는 걸까? 아무리 비슷해도 그건 진짜가 아닌데. 흔히들 서로 똑같은 것들을 '꼭 닮았다'라고 하고, 구별하기 어려운 것들을 '진짜에 가깝다'라고 말한다. 그 말들의 '진짜' 의미를 아는지 모르겠다. 아무리 비슷해도 결국 진짜가 아닌 가짜이고, 아무리 용을 써도 같지 않고 다르다는 평가가 그 안에 들어 있는 것이다. • 박지원, 진짜와 가짜, 『연암집』

홍길주의 글을 읽었으니 박지원의 글은 저절로 이해가 되겠지. 이 글은 열여섯 먹은 제자 이서구의 하소연에 대한 박지원 식 답장이기도 하다. 이서구는 한창 글쓰기에 맛을 들인 소년이었다. 그런데 이서구의 글을 본 사람들은 거의 똑같은 질문을 했다.
'옛날 사람들이 이런 글을 쓴 적이 있나?'

형식은 질문이지만 사실은 비난이다. 옛날 사람들이 쓰지도 않았던 기괴한 글일랑 당장 집어치우라는 뜻이다. 박지원의 생각은 세상 사람들과 정반대다. 박지원이 보기에 비난받아야 할 사람들은 바로 세상 사람들이다. 이미 존재하는 것들만 따라 하는 그들은 진짜가 아니라 가짜다. 가짜이면서 진짜인 척하는 사이비다. 참 통쾌한 표현이지? 하지만 남들 이야기로 치부하는 건 곤란하지. 박지원은 사실 우리에게 말하고 있는 거나 마찬가지니까. 박지원은 지금을 사는 우리에게도 강력한 비판을 퍼붓고 있는 거니까. 박지원이 우리가 사는 세상을 보았다면 이렇게 비판했겠지.

너희들, 대학에 가려고 공부하는 거, 그거 다 가짜야.

너희들, 패션 피플 따라 옷 입는 거, 그거 다 가짜야.

너희들, SNS에 글 올리고 사진 올리고 조회 수 챙기는 거, 그거 다 가짜야.

너희들, 좋은 직장에 가려고 애쓰는 거, 그거 다 가짜야.

너희들의 학교, 가족, 회사는 전부 다 가짜야.

더 나은 사람이 되기 위해 기울이는 노력을 몰라서 하는 소리라고 역정을 낼 수도 있겠다. 하지만 박지원은 그런 역정 내지 변명에 대한 답도 완벽하게 준비해 놓았다. 박지원은 말한다. 네가 아무리 노력해도 너는 결코 진짜가 될 수 없어. 진짜와 하도 비슷해서 구별하기 어려운 무언가가 될 수 있을 뿐이라고.

진짜와 똑같으나 진짜는 아닌 것, 그런 것을 우리는 사이비라고 부른다. 사이비 종교가 무서운 건 진짜가 아니면서 진짜와 똑같아 보이기 때문이다. 사이비 종교의 교리가 그럴듯해 보이는 건 가짜임을 감추려고 노력한 결과인 거고.

그나저나 사이비는 아무리 노력해도 결코 진짜가 될 수 없다니 힘이 쭉 빠진다. 너는 내게 묻고 싶겠지. 그럼 도대체 어떻게 하라는 거야? 다른 사람들처럼 성공하기 위한 노력도 해선 안 된다는 거야?

나한테 화내지 말길. 박지원의 생각이지 내 생각은 아니니까. 그래도 박지원이 걸린다면 그의 비판에서 벗어날 방법이 있기는 있다. 그래서 나는 허균의 글을 슬쩍 내밀어 본다.

제가 쓴 시가 대상을 정확히 그려 냈다고 감히 자랑할 수는 없겠지요. 그래도 제 나름의 것이 있다고 자부합니다. 저는 제 시가 당시나 송시와 비슷해지는 게 오히려 두렵습니다. 저는 남들이 제 시를 허균의 시라고 말하는 걸 듣고 싶다 이겁니다. 너무 지나친 바람일까요? • 허균, 나만의 시를 쓰고 싶습니다. 『성소부부고』

역시 허균이네, 하고 잠깐   정도 생각했을지 모르겠다. 다른 건 몰라도 결기   하나만큼은 참 대단하지. 다른 사람들은 이미 존재하는 당나라 시나 송나라 시와 전혀 구별되지 않는 시를 쓰려고 안간힘을 쓰는데 허균은 다른 누구도 아닌 '허균의 시'를 쓰는 사람이라는 말을 듣고 싶다는 소망을 대놓고 밝혔으니 말이지. 그것도 당나라 시의 달인인 자기 스승 이달에게 말이지. 물론 까다롭고 예민한 너는 별다른 감흥을 받지 않았을 수도 있겠다.

그래, 나도 인정한다. 허균의 말을 받아들이기엔, 격려로 여기기엔 뭔가 찜찜하니까. 너는 이렇게 묻고 싶겠지. 남과 다른 시를 쓰는 것, 말은 참 쉽지. 하지만 어떻게?

그렇다. '어떻게'가 문제다. 타인의 취향을 버리고, 사회가 정해 놓은 기준에 맞춰 살지 않는 것, 가짜가 아닌 진짜가 되길 바라는 게 꿈의 시작점이라는 건 알겠다. 그런데 도대체 어떻게? 아침부터 밤까지 타인에 둘러싸여 살고, TV와 인터넷과 카톡과 페이스북에서 빠져나올 수 없고, 그래서 사회라는 틀에서 조금도 벗어난 삶을 살 수 없는 우리가 도대체 어떻게?

설마, 그 대답을 내가 알고 있다고 여기는 건 아니겠지? 분명히 말하고 넘어가자. 나도 모른다. 다만 소크라테스 식으로 이렇게는 말할 수 있겠다.

변화는 '어떻게?'라는 질문 하나에서부터 시작된다고.

그런 뒤에야 진짜 꿈을 말할 수 있다고.

남들이 말려도 내가 좋은데

🌸 대장부로 태어났으면 자신의 두 발로 서서 뜻을 펼치는 것이 마땅하다. 어찌 과거 공부 따위에 파묻히고 돈과 곡식을 헤아리고 적는 일에 허비하겠는가? 자기만의 뜻을 세운 정란은 우리나라의 아름다운 산수를 모두 구경했다. 바다를 건너 한라산을 보겠다고 하자 사람들은 모두 비웃었다. 그렇겠지. 뿌리까지 속물인 자들이 비난을 퍼붓는 건 당연하겠지. 그러나 수백 년 후엔 과연 어떻게 될까? 후세 사람들은 비웃었던 자들을 기억할까, 비난받았던 자를 기억할까? 나는 잘 모르겠다. ●이용휴, 사람들은 누구의 이름을 기억할까?, 『탄만집』

방법을 잘 모를 땐 이미 세상을 살았던 사람들의 사례부터 살펴보는 게 제일이다. 타산지석이라는 말이 괜히 있는 게 아니니까. 이용휴의 글에 등장하는 호기로운 인간 정란은 조선 최고의 여행가였다. 백

두부터 한라까지, '해 뜨는 동해에서 해 지는 서해까지' 그가 두 발로 밟아 보지 않은 곳은 없었다. 기록에 따르면 정란은 나이 서른에 나귀 한 마리, 보따리와 지팡이 하나, 하인 한 명을 거느리고 여행을 시작 했다고 한다.

무엇보다도 우린 서른이라는 나이에 주목해야 한다. 평균 수명이 여든을 훌쩍 넘긴 지금의 서른이야 어른보다는 젊은이에 더 가깝다. 그러나 쉰 살을 넘기기도 힘들었던 조선 시대의 서른은 달랐다. 중심을 제대로 잡고 서서 사회의 중추 노릇을 해야 할 중요한 나이였다. 그래서 공자님도 말씀하시지 않았던가? 이립(而立), 즉 나이 서른에는 가정과 사회 모두에서 확고한 기반을 다져야 한다고.

하지만 정란은 공자님을 배반했다. 나이 서른에 가족과 사회를 떠나 여행을 시작했다. 낙동강과 덕유산을 건너고 올랐으며, 월출산과 태백산과 금강산과 대동강을 거쳐 백두산에서 천하를 내려다보았으며, 마지막으로는 바다를 건너 한라산을 여행했다. 그러느라 일이 년도 아니고 삼사 년도

나리!!

아니고 수십 년의 세월을 보냈다. 그런 끝에 뭘 얻었느냐고? '산을 다니며 놀았던 기록' 하나뿐이었지!

앞에서 나는 정란을 여행가라 소개했다. 길을 거처 삼아 다니는 여행가라니 말하기도 제법 폼이 나고 듣기에도 멋있는 것 같다. 그러나 그건 온갖 직업이 다 존재하는 지금의 관점에서나 그렇다. 정란은 조선 사람이었지. 서른엔 제대로 서야 한다는 확고부동한 원칙이 머리를 누르던 나라에서 살았지. 너에게 묻고 싶다. 그런 조선 사람들에게 정란은 도대체 어떤 모습으로 비쳤을까?

이용휴의 글에 답은 나와 있다. 미친놈. 이용휴 또한 선비라 '비웃는다'는 제법 점잖은 표현을 썼지만 실제 사람들의 생각은 분명 '미친놈'이었을 것이다. 가족도 돌보지 않고, 가문도 생각하지 않고, 일다운 일도 하지 않고, 사회에 대한 책무 따위는 아예 머리에 담아 두지도 않고 광대처럼 방랑자처럼 부랑자처럼 여기저기 떠돌기만 하는 인간! 사람다운 짓은 하지　　　　　도 않는 거지발싸개 같은 놈! 그게 바로 동시　　　　　대인들이 정란

에 대해 갖고 있던 생각이었다.

　도무지 접점이 없었으니 적당한 타협은 아예 불가능했겠지. 사람들의 편견이 단 하나의 골도 허용하지 않는 철벽 골키퍼와도 같으니 정란의 발언 또한 덩달아 과격해질 수밖에 없다. 예절과는 담을 쌓았던 정란은 자신을 비웃는 자들에게 대놓고 퍼부었다지. 내가 미친놈이라고? 그런 너희들은 진흙 속 지렁이나 젓갈 속 초파리다. 평생 진흙이나 젓갈이나 파먹으며 살아라.

　　■■■■ 나는 어려서부터 성리학이라는 학문이 있다는 사실을 알았다. 자라면서는 맛난 음식에 끌리듯 저절로 학문을 좋아하게 되었다. 그만두려 해도 도무지 그만둘 수가 없었다. 여자의 몸으로 태어났지만 경전에 기록된 성현의 가르침을 마음에 새기며 탐구, 또 탐구한 까닭이다. ● 임윤지당, 공부는 맛이 좋다, 『윤지당유고』

　이번엔 공부에 미친 사람 이야기다. 글 자체로는 별로 신기할 게 없다. 맛난 음식에 끌리듯 저절로 학문을 좋아하게 되었다니, 도대체 무슨 소린지! 이것 하나만은 확실하지, 너와 나와는 전혀 다른 세계에 사는 인간이라는 것! 네가 뭐라 할 게 분명하기에 먼저 고백한다. 여태껏 살면서 공부를 맛난 음식처럼 여겼던 경우는 단 한 번도 없었다. 그러기는커녕 공부라는 단어만 들어도 알레르기 반응을 보였다. 이 글을 처음 읽었을 때 나는 눈살을 찌푸렸다! 그럼에도 이 글을 소개한 이유는 단 하나다. 이 글을 쓴 사람이 여성이기 때문이다. 물론 넌 묻겠지. 글쓴이의 성별이 도대체 뭐가 중요하냐고.

임윤지당은 당대 최고의 성리학자로 인정받았던 임성주의 여동생이었다. 성리학이란 말을 듣자마자 '열녀, 충신, 남녀칠세부동석' 등으로 규정되는 조선 특유의 고루함을 떠올렸을 수도 있겠다. 다행히 임성주는 고지식하고 원칙적인 성리학자는 아니었던 모양이다. 일곱 살 넘은 자기 여동생을 붙잡고 직접 공부를 가르쳤으니까. 똑똑한 임윤지당은 오빠의 가르침을 쏙쏙 빨아들였다. 하나를 배우면 열을 깨우쳤다. 한 귀퉁이를 들어 보이면 나머지 세 모퉁이를 저절로 들어 올렸다. 임윤지당은 오빠의 지도를 바탕으로 성리학의 원리를 깊이 파고들었다. 이기심성, 인심도심, 사단칠정 같은 골치깨나 썩는 성리학의 어려운 개념들을 제대로 이해하고 해설한 글을 쓰기도 했다.

　똑똑한 여성이 공부를 하고 글을 통해 자신의 생각을 밝히는 것, 지금 우리의 시각에선 그다지 특별할 것 없는 일이다. 여학생들이 남학생들보다 더 명석해 보인다고 말해도 사실과 그리 어긋난 발언은 아닐 테고. 문제는 역시 시대. 임윤지당은 우리 역사상 남녀 차별이 가장 극심했던 시대인 조선 후기를 살았다. 그 시대 여성들은 서슬 퍼렇고 성차별적인 성리학 이념에 발목을 잡혀 그야말로 옴짝달싹할 수 없었다. 조금이라도 남들과 다른 행동을 하면 이내 죄인 취급을 받았다. 남편에게 대드는 것도 죄였고 자식에게 과한 요구를 하는 것도 죄였고 너무 아는 체하는 것도 죄였다. 여성들에게 허용된 건 밥 짓고 술 빚는 일뿐이었다. 임윤지당은 체제에 저항하는 반항적인 유형의 여성은 아니었다. 그래서 임윤지당은 그렇게 공부를 좋아했으면서도 결혼 후엔 한문 문장 하나 읽지 못하는 사람처럼 책을 멀리하고 살았다. 글이라곤 쓸 줄도 모르는 사람처럼 종이를 멀리하고 살았다.

　여기서 곁다리 이야기 하나. 조선 전기를 살았던 신사임당도 그랬단다. 화가로 소문난 신사임당이었지만 결혼 후엔 그림을 거의 그리지 않았다고 한다.(비교적 자유로웠던 조선 전기에 이랬다면 후기 사회는 도대체 어떤 모습이었다는 말인지 모르겠다!) 그렇긴 해도 어려서부터 그림을 즐긴 건 사실이었으니 꽤 많은 그림이 남아 있었던 건 당연한 일. 그런데 이 그림 때문에 후대의 유학자들은 골치깨나 썩었다. 자신들이 존경하는 이이의 어머니가 그림 그리기를 취미로 삼았다는 사실을 도저히 받아들이기가 어려웠기 때문이지. 그들은 잔머리를 굴리고 또 굴리다 다음과 같은 억지 이론을 만들어 냈다. 신사임당은 경전의 뜻대로 살려는 마음을 드러내기 위해 그린 것이다! 취미로 그린 게 아니라 이념을 드러내려 그린 것이다!

다시 임윤지당에게로 돌아가자. 결혼 후 사회의 관습대로 책과 글을 멀리했던 임윤지당이었지만 아무리 그래도 공부를 맛난 음식처럼 좋아했던 사람이었던 만큼 평생 그 마음을 숨기고 살 수는 없었다. 남편이 죽고 자식이 장성하자 드디어 임윤지당은 행동을 개시했다. 버려두었던 책을 꺼내 읽었고 방치했던 종이를 들어 글을 썼다. 내가 소개한 글은 그 후에 탄생한 글이다. 임윤지당은 글을 통해 자신의 생각을 마음껏 드러냈다. 남성과 여성의 본성은 다를 게 없다는 과격한 이

론까지 펼쳤다. 21세기인 지금도 여성을 비하하고 못마땅하게 여기는 어리석은 이들이 있다. 그 사람들을 떠올리면 한숨이 나온다. 조선 시대엔 어땠을까? 지금보다 더하면 더했지 덜할 이유는 없었겠지. 그러니 남성과 여성의 본성을 논한 임윤지당의 글은 겉보기엔 평범해도 실제로 평범한 글은 아니다. 어찌 보면 자신의 모든 것을 걸고 쓴 글이라고 할 수도 있겠다. 그렇다고 임윤지당을 투사처럼 여겨서는 곤란하다. 임윤지당은 시대의 한계를 뛰어넘는 선까지는 가지 않았으니까. 무엇보다도 우리는 임윤지당의 이름조차 모른다. 윤지당은 오빠가 지어준 호다. 오빠의 호가 아니었다면 우리는 이 여인을 그저 임씨 여인이라고밖에 부를 수 없었을 것이다.

속화는 화가의 재주 가운데 가장 급이 떨어지는 것으로 친다. 그렇기에 속화에서 빼어난 기량을 발휘해도 사람들은 그 그림을 천하게 여긴다. 하지만 진실로 오묘한 경지에 이르렀다면 산수화가 되었건 속화가 되었건 도대체 무슨 상관이 있겠는가? •심노숭, 속된 그림에 대해, 『효전산고』

김홍도 그림 중에 제일 먼저 떠오르는 게 뭐냐고 물으면 너는 분명 훈장에게 매 맞고 우는 아이라고 답하겠지.(듣고 보니 너의 처지와 참 비슷하기도 하다!) 너 아닌 다른 사람들에게 물었어도 비슷한 답이 나왔겠지. 춤추는 아이, 담배 피우는 어른, 고기 잡는 어부, 고누 놀이하는 아이들, 흥겨운 씨름꾼의 모습은 김홍도의 그림 덕분에 우리의 기억 속에서 영원히 살아 숨 쉬는 존재가 되었다.

그런데 심노숭의 글은 김홍도가 바로 그 풍속화 때문에 적지 않은 욕을 먹었음을 우리에게 알려 준다. 누가 그랬느냐고? 분명 양반들의 짓이겠지. 고상하고 점잖은 산수화나 그리지 왜 자꾸 상놈들이 주인공으로 등장하는 이상한 그림을 그리는 거냐고 입에 거품을 물고 비난을 해 댔겠지.

네가 잘 몰라서 그렇지 김홍도는 사실 산수화의 대가이기도 하다. 말년의 대표작인 〈추성부도〉 같은 그림을 보면 말 그대로 가을의 소리가 눈에 보이는 듯한 기분이 든다. 차갑고 쓸쓸한 가을의 소리가 그림을 뚫고 나와 보는 이의 마음을 울린다. 소리를 시각화하다니 웬만한 대가가 아니고는 불가능한 성취겠지. 그래서 그림 볼 줄 안다고 자부하는 양반들은 김홍도의 산수화를 높게 평가했다. 돈 많은 양반들은 재산을 아끼지 않고 쏟아부어 그림을 사들였다. 김홍도가 그걸 몰랐을 리 없다. 김홍도는 똑똑한 사람이었거든. 그런데 왜 그려 봤자 본전도 뽑기 어려운 데다가 좋은 평을 받기도 불가능했던 풍속화를 계속해서 그렸을까? 그 이유는 말할 필요도 없겠지. 그리고 싶었으니까. 눈앞에 보이는 인물들을 그리지 않고는 못 배겼으니까.

말 나온 김에 김홍도와 정란의 재미있는 인연 하나를 소개하고 싶다. 김홍도의 그림 중에 〈단원도〉가 있다. 김홍도의 소박하고 아름다운 집(학도 한 마리 있다!)을 배경으로 한 그 그림엔 정란이 등장한다. 김홍도와 정란이 자리를 함께하게 되었던 사연까지 다 너에게 설명하지는 않겠다. 정 궁금하면 네가 찾아볼 테니까. 몰라도 큰 문제는 아니니까. 다만 김홍도는 정란을 무척이나 존경했다는 사실 하나만을 넌지시 밝히고 넘어가려 한다. 무슨 의미냐고? 대가는 대가끼리 통하는 법이라는 말씀.

미친놈이라 해도 상관없어

말과 수레를 탄 사람들이 쉬지 않고 찾는 까닭에 금강산엔 먼지와 오물이 날로 쌓여 가기만 했다. 정유년 가을 하늘이 큰비를 내려 금강산을 씻어 냈다. 하늘의 도움으로 본래의 모습이 드디어 드러나게 되었다. 글 잘 쓰고 기이한 것을 좋아하는 신광하가 그 소식을 듣고 금강산으로 간다. 이전에 본 건 병들고 더러운 얼굴이지만 이제 볼 것은 깨끗하게 씻고 단장한 후 손님을 기다리는 얼굴이기 때문이다. 신광하가 다행히도 때맞춰 유람을 결심한 것이다. 신광하가 떠나는 날은 마침 온 나라의 선비들이 과거를 보는 날이기도 하다. 신선과 보통 사람의 갈림길이라 불러야 마땅하겠지. •이용휴, 신선과 보통 사람의 갈림길, 『탄만집』

정란과 임윤지당과 김홍도가 조선 사람들의 눈에 유별나기는 했어도 신광하만큼은 아니었을 거라 믿는다. 이용휴의 글이 전하는 신광하의 행적은 세 문장으로 간단명료하게 요약할 수 있다.

신광하는 금강산에 큰비가 내렸다는 소식을 들었다. 그래서 신광하는 비 온 뒤의 깨끗한 금강산을 보러 길을 떠났다. 그런데 그날은 과거 시험 날이었다.

요즘 식으로 말하면 수능 시험 날 아침 수험생이 산을 구경하러 떠났다는 이야기인 셈이다. 이제 왜 앞서 말한 세 사람이 신광하에는 못 미친다고 단정적으로 말했는지 이해할 수 있겠지. 수능은 내 마음대로 볼 수 있는 시험이 아니다. 일 년에 단 하루 정해진 날에 치러지는 시험이다. 과거 시험도 비슷하다. 정기 시험인 식년시야 3년에 한 번뿐이지만 이러저러한 특별

이 죽은 날 어디를 가시나?

시험을 고려하면 대략 일 년에 한 번 꼴로 시험이 치러졌을 것이다. 수능 시험에서 높은 점수를 얻는 게 많은 수험생의 목표이듯 과거에 급제하는 건 모든 선비들의 꿈이었다. 그 꿈을 이루기 위해 얼마나 많은 시간과 땀과 눈물을 공부에 투자해야 했는지는 설명할 필요도 없겠지. 신광하 또한 선비였으니 온 마음을 다해 공부를 해 왔을 것이다. 그런데 노력의 열매를 따야 하는 그 중요한 날 신광하는 금강산으로 떠났다. 왜? 비 온 뒤의 깨끗한 금강산을 보고 싶어서.

이용휴는 이런 신광하를 배웅한 후 이것이 바로 신선과 보통 사람의 차이라고 썼다. 이용휴는 신선이라 썼지만 세상 사람들은 뭐라고 했는지 우린 이미 알고 있다. 미친놈!

한 가지 더. 떠나는 신광하도 대단하지만 잘 생각했다며 배웅하는 이용휴도 참 대단하다. 이용휴 역시 아무리 봐도 보통 사람은 아니다.

미친놈!
몰라서 물어?!

 옛사람이 이렇게 말했다지요.

'마땅히 세계를 바꾸어 나가야지 세계에 의해서 바뀌어서는 안 된다.'

우리들에게 세상을 바꿀 만한 힘은 없다고 해도 우리 스스로의 발꿈치를

굳건히 하고 서지 않는다면 어떻게 살아가겠습니까? • 이인상, 나와 세계, 『능

호집』

전부터 이인상을 알기는 했다. 그런데 나는 이인상을 서얼 출신의
문인 화가로만 알았다. 눈보라 속에서도 꼿꼿하게 서 있는 소나무를
즐겨 그렸던 화가로만 알았다. 그건 나의 짧은 생각이었다. 이인상은
단순히 화가, 혹은 선비였던 사람이 아니었다. 이인상은 인간과 세계
의 관계를 그 누구보다 잘 알고 있었던 사람이었다. 그는 서얼의 처지
를 비관하지도 않았고 권력 앞에 고개를 숙이지도 않았다. 그는 자신
과 세계만을 내내 바라보았을 뿐이다!

정란, 임윤지당, 김홍도, 신광하가 마음속에 품고 있었으면서 우리
들에게 직접 전하지 못했던 말, 그것이 바로 이인상의 말이라고 나는
굳게 믿는다. 그렇다. 세계는 다른 사람이 아닌 내가 바꾸고 움직이는

것이다. 세계에 의해 마구 끌려 다니는 건 제대로 된 삶이 아니다. 그건 기계의 삶 혹은 노예의 삶이지 인간의 삶은 아니다! 정곡을 찌른 이 한 마디 말에, 기계 혹은 노예처럼 살고 있는 나는 부끄러워 고개도 못 들겠다.

언젠가는 꿈이 내게로 온다

국화요? 처음엔 전혀 사랑하지 않았습니다. 아는 이에게 몇 뿌리를 얻어 심었을 때도 마찬가지였지요. 그런데 어느 날 별 신경도 쓰지 않았던 국화가 살아서 줄기와 잎사귀를 내놓는 것을 보았습니다. 마음이 살짝 흔들렸습니다. 끝까지 키워 볼 욕심이 생기더군요. 그래서 날마다 물을 주었습니다. 아, 그다음부터는 국화에 빠지게 되었습니다. 하루라도 물을 안 주면 잘 자라던 꽃이 시드는 것처럼 보였고, 물을 주면 무섭게 자라는 것처럼 보였습니다. 자라는 걸 보면 볼수록 더 눈여겨보게 되고, 더 눈여겨 보면 볼수록 더 잘 자라게 되었지요. 그러다 보니 마침내 국화에 대한 벽이 생겨 어찌할 도리가 없는 단계에 도달하게 된 겁니다! ●이가환, 국화를 사랑하게 되다, 『금대시문초』

하지만 나는 이렇게 말할 수밖에 없다. 우리 모두가 정란이나 김홍도나 임윤지당이나 신광하가 되는 건 아니라고. 이런 결론에 이른 이유를 알고 싶겠지. 내 생각은 이렇다. 특별한 방식으로 모두를 놀라게 했던 그들처럼 가짜가 아닌 '진짜'가 되기 위해서는 무언가 '특별한' 것을 갖추고 있어야 한다. 그건 바로 '내 꿈을 정확히 아는 것'이다. 말만 들어도 앞이 캄캄해지는 기분이다. 우리처럼 평범한 인간이 어느 날 갑자기 도인에 가까운 이런 깨달음을 얻는 것이 도대체 가능한 일일까? 가능하다고 말하고 싶지만 그렇지 않다. 그건 불가능하다. 우리같이 평범한 사람들에게 꿈은 정확히 표현하기엔 뭔가 어려운, 애매한 그 무엇이다. 그러므로 우린 정란이나 신광하의 부류처럼 과감하게 행동하지 못하는 것이겠고. 그렇다고 실망하지는 말길. 나는 이렇게 믿어. 영원히 불가능한 건 아니라고. 살다 보면 내 꿈이 뭔지 깨달을 날이 분명히 올 거라고. 기대보다 이르건, 늦건 반드시 올 거라고.

그래서 내가 즐겨 쓰는 단어가 바로 '언젠가는'이다! 언젠가는 우린 정란이나 신광하가 될 수 있지. 언젠가는 우린 정확한 내 꿈을 알 수 있지. 언젠가는 우린 가짜가 아닌 진짜가 분명 될 수 있지. 그럼 넌 속으로 살짝 나를 비웃으며 심드렁하게 묻겠지. 도대체 언젠가가 언제냐고. 얼마를 기다려야 진짜 꿈을 꿀 수 있는 거냐고.

　그런 질문에 대한 답은 나도 잘 모른다. 다만 그런 사람들이 있었다는 것뿐. 우리도 언젠가는 그렇게 될 수 있다고 믿을 뿐.

　무책임하다는 소리를 모면하기 위해 이가환의 글을 소개한다. 이가환의 글은 재미있다. 꿈이라는 것이 보통 사람에게 도대체 어떤 방식으로 생겨나는지를 생생하게 보여 준다. 이가환의 글에 등장하는 심중빈은 국화에 전혀 관심을 갖지 않았던 사람이었다. 이가환의 표현에 따르면 '특별히 좋아하는 게 전혀 없는 사람'이었다. 그러므로 국화는 그에게 아무것도 아니었다. 존재하되 존재하지 않는 무의미한 사물이었다. 그런 심중빈이 우연한 기회에 국화를 얻게 되었다. 관심이 없기는 하지만 살아 있는 식물을 그냥 죽일 수는 없는 일이라 어쩔 수 없이 물을 주고 지켜보았다. 그때부터 변화가 시작되었다. 나와는 하등 관계가 없는 존재라고 여겼던 국화가 실은 내 행동과 이어져 있다는 사실을 알게 되었다. 내가 물을 주고 안 주고에 따라, 내가 지켜보고 지켜보지 않고에 따라 국화는 모습을 달리했던 것. 결국 심중빈은 국화의 매력에 푹 빠졌다. 국화를 자신의 삶의 일부로 여기게 되었다. 어쩔 수 없이 시작한 일이 하나의 꿈으로 모습을 바꿔 버린 것이지. 심중빈은 자신에 대해 잘 알고 있다고 여겼다. 자신은 좋아하는 게 별로 없다고 여겼다. 그렇지 않았다. 그의 마음엔 사랑이 있었다! 그러므로 국화를 향한 마음의 미묘한 변화는 그조차도 전혀 예상하지 못했던 특별한 사건이었을 것이다.

이민철은 영의정을 지낸 이경여의 아들이었다. 어머니의 신분은 미천했다. 이민철은 어려서부터 생각이 기발했다. 동래에 사는 사람이 이경여에게 자명종을 바친 적이 있었다. 이경여는 그 자명종을 책상 위에 두었다. 아홉 살 이민철은 자명종을 눈여겨보았다. 어느 날 이민철은 아버지가 외출한 틈을 타서 자명종에 손을 댔다. 자명종을 조용한 곳으로 가져가서 박혀 있는 못을 뽑았다. 자명종의 움직임을 살펴본 후에는 다시 조립을 했다. 대나무 못을 박고 기름종이를 사용하여 원래의 것과 조금도 차이 없게 이민철을 이해하기 위해선 그의 신분을 알아야 한다. 아버지는 영의정인데 어머니는 비천하다고 했다. 이민철이 서자였다는 뜻이다. 서자라는 말은 참 가혹하다. 평범한 사람들처럼 꿈을 꿀 수도, 이룰 수도 없는 사람이라는 모진 뜻이 담겨 있으니까. 어린 이민철도 그 사실을 알고 있었겠지. 그래서 꿈 같은 건 전혀 없는 아이처럼 행동했겠지. 아이들은 원래 눈치가 빠른 법이니까.

그런데 어느 날 만난 자명종 하나가 그의 삶을 바꾸어 놓았다. 스스로 소리를 내는 시계인 자명종은 신기한 물건이었다. 서양에서 들여온 값비싼 물건이었다. 귀중품 중의 귀중품이라 어린아이가 함부로 손을 대었다간 경을 칠 만한 물건이었다. 그런데 이민철은 어떻게 했나? 호기심을 이기지 못한 나머지 자명종의 못을 뽑고서 안을 들여다보았다. 움직이는 원리를 관찰한 후에는 더 알고 싶은 마음에 아예 분해해 버렸다. 이경여가 등장한 건 아마 그 즈음이었을 테고. 아버지의 갑작스러운 등장에도 이민철은 놀라지 않았다. 아무 일도 없었던 것처럼 이민철은 자명종을 다시 조립했다. 당대의 일류 기술자들도 해내지 못했던 어려운 일이었다. 그런 일을 아홉 살짜리 소년이 누구의 도움도 받지 않고 혼자서 해냈던 것.

혹시라도 이민철의 천재성에 대한 이야기를 늘어놓는다고 오해하지는 말기를. 나는 너에게 어느 날 갑자기 재능을 발견한 천재의 행적에 대해 말하는 게 아니다. 다만 진짜 꿈은 수많은 '만약'과 함께 우리를 찾아오기도 한다는 것을 말하려 할 뿐이다. 이민철에겐 수많은 만약이 있었다.

만약 이경여가 자명종을 선물 받지 않았다면? 만약 이민철이 얌전한 아이였다면? 만약 이민철이 갑자기 나타난 아버지에 놀라 울고불고했다면?

다른 건 몰라도 '만약'은 공평하다고 믿는다. 이 세상을 지치지 않고 계속 살아가다 보면 만약은 어느 날 슬쩍 우리를 찾아와 어깨를 두드리리라 믿는다. 여러 이유로 감춰지기만 했던 우리의 숨겨진 꿈을 만약은 어떤 방법으로든, 언젠가는 모습을 드러내 주리라고 믿는다.

처음에 정구중은 시를 지을 줄 몰랐다. 나를 따라 배운 몇 년 동안 정구중은 시를 가까이 했다. 뛰어난 중국 작가들의 시집을 즐겨 보았으며 그 솜씨에 수시로 감탄했다. 그는 내 책들을 빌려다가 옮겨 적기도 했다. 헝클어진 머리에 땀을 바가지로 흘리면서도 그만두지 않았다. 드디어 그의 공부가 시로 모습을 드러냈다. 아름답고 예스러운 작품들이었다. 고계적의 시풍과 비슷했다. 시인으로 이름을 날릴 정도가 되자 그는 '내가 좋아하는 바가 바로 여기에 있었구나' 하고 한탄을 했다. • 유득공, 내가 좋아하는 것, 『영재집』

정구중은 시를 베끼는 것을 취미로 삼았다. 이유는 오직 하나, 책에서 읽은 중국 시들이 너무나도 아름다웠기 때문이다. 다른 세상에 존재하는 것들 같았기 때문이다. 그래서 정구중은 열심히 베꼈다. 하도 열심이어서 밤과 낮을 가리지도 않을 정도였다. 그런데 베끼고 또 베끼던 어느 날 문득 이런 생각이 들었다. 나도 한번 시를 지어 보면 어떨까?

도전해 볼 만한 과제였다. 그래서 정구중은 시 짓기를 시작했다. 깊은 생각 끝에 나온 시도는 아니었다. 그랬기에 자신만의 무언가를 만들어 내야 한다는 생각조차 없었다. 그저 자신이 읽은 것과 똑같은 시를 짓기 위해 노력, 또 노력을 했다. 노력은 빛을 보았다. 정구중의 시는 자신이 베껴 쓰던 시와 비슷해졌다. 모르는 사람이 읽으면 원나라 말기와 명나라 초기를 살았던 시인 고계적의 작품으로 여길 터였다. 그 시를 즐겁게 읽는 순간 새로운 깨달음이 왔다. 아, 이것이 바로 내가 좋아하는 일이로구나. 이 간단한 사실을 왜 여태 몰랐을까?

유득공의 글은 정구중 시집에 써 준 서문이다. 그렇다. 시 베껴 쓰기 전문가 정구중은 마침내 자기 이름으로 된 시집을 갖게 되었다. 정구중은 어떤 시를 썼을까? 모르긴 몰라도 그 시집의 시들은 더 이상 중국 시와 똑같지는 않았으리라고 나는 믿는다. 시 짓기야말로 자신이 좋아하는 일이라는 깨달음을 얻게 된 후 완성된 정구중의 시는 중국 시와는 확연히 달라졌을 것이라고 나는 굳게 믿는다.

꿈의 등급

유금의 집에 들렀는데 이름이 '기하실'이었다. 들어서자마자 한 마디 했다.

"육예는 학문 중에 가장 못한 것입니다. 수학은 그중에서도 가장 등급이 낮은 것이고요. 선생이 공부하고 있는 게 그렇게 별 볼 일 없는 겁니다."

하지만 유금은 전혀 부끄러워하지 않았다. 나는 주위를 살폈다. 천문과 수학 등에 관한 책만 잔뜩 있었다. 즐거워하는 모습을 보니 모든 걸 다 깨달은 사람처럼 보였다. 그에게 곧바로 사과했다.

"명성이 무서워 자신이 좋아하는 걸 바꾸는 사람이 아니로군요. 사람들이 크고 그럴듯한 것에 매달릴 때 선생은 작은 것에 집착하고 있으면서도 전혀 부끄러워하지 않는군요. 홀로 우뚝 선 사람이라고 말할 수 있겠습니다." • 서유구, 작은 것을 부끄러워하지 않는 사람, 『풍석전집』

유금은 재주가 참 많은 사람이었다지. 거문고 연주를 무척 잘했다는 말부터 시작해야겠지. 거문고를 너무 좋아해서 이름을 유련에서 유금(금은 바로 거문고 금(琴)이다!)으로 바꾸었을 정도였으니. 도장 새기는 재주도 뛰어났다. 오래된 도장들을 수집하고 책까지 썼을 정도였다.(집착하는 바람에 도덕군자 이덕무에게 한소리 듣기도 했지만!)

　그런 유금의 마음을 사로잡은 새로운 학문이 있었다. 그것은 바로 기하학이었다. 그래, 우리가 아는 바로 그 기하학이다. 기하학에 심취한 유금은 집 이름을 아예 기하실로 바꾸었다. 서유구가 유금의 집을 방문한 건 그즈음이었고. 기하실이라는 이름을 본 서유구는 대뜸 폄하하는 발언부터 퍼붓는다.

　"군자가 해야 할 여섯 가지 기술이 육예입니다. 예법, 음악, 활쏘기, 말타기, 글씨 쓰기, 그리고 수학이지요. 수학이 제일 끄트머리 기술이라는 건 잘 알겠지요. 그런데 수학 공부한다는 걸 도리어 자랑스럽게 여겨 집 이름으로까지 삼았군요. 제 정신입니까?"

　서유구의 질책을 듣고도 유금은 별로 부끄러워하지 않는다. 하긴, 유금은 원래부터 그런 사람이었다. 자신이 하고 싶은 것만 하는 사람이었다. 남들이 뭐라 하건, 일의 가치가 있건 없건, 수준이 어떻건, 그저 자신이 좋아하는 것에만 관심을 두는 사람이었다. 도무지 비판이 먹혀들지 않으니 서유구가 유금을 이길 방법은 없다. 그래서 서유구는 유금더러 '홀로 우뚝 선 사람'이라고 칭찬 비슷한 호칭을 붙이는 걸로 발언을 마무리한 것이다. 그런데 네가 모르는 사실이 하나 있다. 서유구와 유금의 대화에는 약간의 함정이 있다. 서유구가 정말로 유금을 폄하하고 질책한 것일까?

네 예상이 맞다. 그렇지 않다! 서유구와 유금의 관계는 각별하다. 유금은 서유구의 어린 시절 가정 교사였다. 호기심 천국이었던 서유구에게 잡학 도사인 유금은 안성맞춤의 선생이었다. 훗날 서유구가 조선 최고의 백과사전 『임원경제지』를 남긴 것은 이 시절의 공부에서 비롯된다고까지 추측해 볼 수도 있겠다. 그런 서유구였으니 유금의 취향에 대해서는 잘 알고 있었겠지. 스승을 비판할 마음 따위는 아예 갖고 있지도 않았겠지. 그런데 왜 서유구는 언뜻 듣기에 '폄하'와 '질책'으로 들리는 말을 퍼부은 걸까?

서유구는 세상 사람들의 시각을 유금에게 알려 준 것이다. 세상 사람들의 눈에 유금은 별 볼 일 없는 일에 시간을 투자하는 한심한 사람이었던 것! 물론 유금은 그런 종류의 비난엔 신경도 쓰지 않았다. 비록 서양 사람의 뒤꽁무니를 쫓아가는 수준이었지만 유금은 그런 평가 따위는 무시했다. 자신이 좋아하는 분야를 공부한다는 것, 그 사실 하나만으로도 충분했던 것!

오늘날 유금의 기하학을 공부하는 사람은 아무도 없다. 그는 기하학에 자신의 발자취를 남기지 못했다. 그렇다고 유금의 꿈을 무시할 사람은 없으리라고 믿는다. 모두가 큰 꿈을 가질 필요는 없다. 아니, 큰 꿈이란 건 실은 주위 사람들이 멋모르고 붙인 이름일지도 모르겠다. 겉보기에 아무리 사소해도 자신에게 가치가 있고, 자신을 몰두하게 하고, 자신을 즐겁게 만들어 주는 것이면 그것이야말로 좋은 꿈이 아닐까? 우리는 겸손하면서도 당당한 유금에게 꿈에 대한 새로운 시각을 배운다.

동네를 지나 산 쪽으로 들어가면 낡은 집 한 채가 있다. 좁고 허물어져 가는 집이다. 그러나 내겐 옥류동에서 가장 아름다운 집이다. 지저분

한 것들을 정리하고 손을 보면 300평짜리 반듯한 집을 지을 수 있을 것이다. 집 앞엔 바위를 뚫어서 만든 우물이 있다. 샘물의 맛은 훌륭하며 가뭄에도 마르지 않는다. 서쪽으로 조금 가면 넓은 바위가 있어 여럿이 앉을 수 있다. … 숨어서 살기에 적합한 집이다. • 장혼, 내가 갖고 싶은 집, 『이이엄집』

장혼의 꿈은 옥류동 깊은 숲에 집 한 채 소유하는 것이었다. 실용적이며 현실적인 꿈이었다. 문제가 있었다. 가난한 장혼에겐 집을 살 돈이 없었거든. 그래도 장혼은 포기하지 않았다. 매일 그 집 앞을 오갔다. 뭘 했느냐 하면 머릿속으로 집을 지었다.

지붕에 기와를 덮고 벽에 회칠을 했다. 마당에는 홰나무와 오동나무와 파초와 측백나무를 심었고, 장미, 철쭉, 패랭이, 맨드라미를 그 사이에 심었다. 잣나무와 밤나무와 사과나무 같은 유실수를 심었고, 옥수수와 오이와 마늘씨를 뿌렸다. 무, 배추, 참외, 호박, 포도도 잊지 않았다. 이쯤 적었으니 장혼이 어떤 삶을 꿈꾸었는지는 짐작할 수 있겠지. 나무 그늘에서 쉬고 꽃을 즐기고 과일과 열매와 채소를 수확하는 여유작작하고 스스로 만족하는 삶!

상상할 시간이 많았던 장혼은 집 안에서 무엇을 할지도 다 생각해 놓았다. 홀로 있을 때는 책을 읽고 거문고를 연주하며 싫증이 나면 숲을 산책한다. 손님이 오면 함께 술을 마시며 시와 노래를 즐긴다. 배가 고프면 밥을 해 먹고 목이 마르면 우물물을 마시고 계절의 변화에 발을 맞춰 순응하며 사는 삶!

장혼은 이이엄(而已广)이라는 집 이름까지 미리 지어 놓았다. 이이엄이 무슨 뜻이냐고 물을 수 있겠다. 대답하기 참 어렵다. 부득

이건 뭐지?

이 한자를 동원해야겠다. 이이(而已)는 '~일 따름이다'라는 뜻이다. 엄(广)은 집이라는 뜻이다. 암으로 발음하면 암자라는 뜻이 되기도 한다. 집이건 암자이건 해석하기가 애매하다. ~일 따름인 집, 혹은 암자라니 도무지 의미를 알 수 없다. 소박한 집, 나에게나 어울리는 집 등으로 의역은 할 수 있겠다. 아무튼 장혼의 계획은 완벽했다. 문제는 오직 하나, 집을 살 돈이 없었다는 것뿐.

장혼은 과연 이 집을 샀을까? 알 수 없다. 이 글의 마지막 부분에는 십여 년이 훌쩍 지났지만 아직 집을 마련하지 못했다는 설명이 나온다. 그러나 기록에 따르면 장혼에겐 이이엄이라는 이름의 집이 있었다고 하니 진실이 무엇인지 알 도리는 없다. 진실 규명은 나의 몫이 아니다. 상상으로 지은 장혼의 꿈에 관심이 있을 뿐이니까. 이런 생각도 든다. 장혼에게 중요했던 건 집을 사는 것이 아니었을 수도 있겠다. 머릿속으로 집을 짓고 또 짓는 것이 어쩌면 장혼의 진짜 꿈이었을 수도 있겠다.

 이것이야말로 시골 늙은이에겐 최고의 즐거움이다. 허리춤에 커다란 황금 도장을 매달았으며 밥상 앞에 시중드는 여인 수백 명이 있더라도 이런 즐거움을 누릴 수 있는 사람은 거의 없다. • 김정희, 최고의 즐거움, 〈대팽두부 대련〉

이번엔 〈대팽두부 대련〉의 여백에 쓴 김정희의 글이다. 일흔을 넘긴 김정희가 과천에서 여유를 즐기며 살던 시절의 작품이다. 이 글의 내용을 이해하기 위해서는 '이것'이 무엇인지부터 알아야 한다. 도대체 뭘까? 글의 문맥으로 볼 때 '이것'은 대단한 그 무엇 같다. 황금과 여인 수백 명(성차별적인 표현을 용서하기를!)보다도 더 즐거운 그 무엇이다. 모르겠다고? 그래, 힌트가 너무 없어서 네가 답을 말하기는 어려울 터. 질질 끌지 않고 그냥 정답을 공개하기로 한다.

최고의 요리는 두부, 오이, 생강, 나물
최고의 모임은 부부, 아들, 딸, 손자

두부, 오이, 생강, 나물로 만든 소박한 요리, 가족끼리의 단란한 모임이 바로 김정희의 '이것'이다. 이 세상에서 소박한 요리를 맛보고 가족끼리 모임을 갖는 것보다 즐거운 일은 없다는 뜻이 담겼다. 명문가에서 태어났고 학문과 예술에서 당대 최고 소리를 들었던 김정희의 꿈이라는 사실이 도무지 믿어지지 않는다. 그러나 김정희이기에 가능한 꿈일지도 모르겠다. 삶의 기쁨과 슬픔을 두루 경험한 사람이 바로 김정희이기에 하는 말이다.

뭐라도 시작하고 보자

허만은 늙고 지쳤다. 하도 늙고 지쳐서 다리엔 힘이 하나도 없었다. 가세 또한 힘이 없긴 마찬가지였다. 하도 가난해서 하인과 말과 여비도 전혀 없었다. 하늘도 허만을 돕지 않았다. 장마철이라 햇볕 쨍쨍한 날이 열흘에 사흘밖에 안 되었다. 전염병이 기승을 부려 일가친척들은 다 달아났다. 그러한 때에 허만은 집을 나섰다. 사람들이 모두 그를 비웃었다.

허만은 대동강을 건너고 묘향산을 올랐다. 관서의 명승지를 다 본 후 집으로 돌아왔다. 여정은 천 리가 넘었고, 지은 시는 백 편을 넘었다. •이가환, 늙고 지친 여행자 허만, 『금대집』

허만의 자는 성보다. 이가환의 매형이자 이용휴의 사위였다. 키는 작고 얼굴엔 마마를 앓은 자국이 있었다고 전해진다. 언뜻 보기엔 촌스러우나 마음 씀씀이는 깊은 사람이었다고 한다. 허만은 세상사엔

별 욕심이 없었다. 오직 하나, 이름난 경치를 사랑하는 마음 하나만은 대단했다. 어느 여름, 허만의 경치 사랑은 더 간절해졌다. 그런데 그 여름 허만에게는 다른 사람들에게 내밀 핑곗거리가 참 많았다. 허만은 늙고 가난했으며, 때는 장마철이었다. 게다가 전염병까지 기승을 부리고 있었다. 허만이 집에 머무는 건 당연했다.

그런데 마음 깊은 허만이 돌발적인 행동을 감행했다. 허만은 모두가 머무를 것으로 여길 때 홀연히 길을 나섰다. 다리에 힘이 없으면서도, 주머니에 돈 한 푼 없으면서도, 늙고 지쳤으면서도 전염병과 장마를 헤치고 길을 나섰다. 그래서 어떻게 되었을까? 허만은 명승지란 명승지를 다 돌아보았고 백 편의 시를 얻었다. 물론 혹시나 허만이 죽지는 않았을까 걱정했던 집안사람들의 원성도 함께 얻었겠지!

어쩌면 우리는 허만인지도 모르겠다. 꿈이 있으면서도 늙고 지쳤다는 이유로 떠나지 않았던 허만인지도 모르겠다. 우리가 엉덩이 굳게 붙이고 제자리를 지키고 있는 이유는 참 많지. 가족 때문에, 학교 때문에, 일 때문에. 물론 그 이유들은 존중받아 마땅한 것들이다. 그 이유들을 무시하라고 너에게 충고하고 싶지는 않다. 하지만 영원히 이유만 돌볼 수는 없는 법! 이유는 빠른 속도로 새로운 이유를 낳는다. 이유는 너의 방 안을 가득 채우고도 한참을 더 이어지다가 마침내 변신한다. 핑계로. 이유와 핑계는 완벽한 쌍이다. 이유와 핑계에 한쪽 발목씩을 잡히고 있는 한 '만약'은 불가능해진다. 복권 한 장 구입하지 않고 복권에 당첨되기를 바라는 도둑놈 심보와 같은 이치라고나 할까? 허만은 집에 머물고 있을 때면 이렇게 탄식했다고 한다.

"배불리 먹고 돈 잘 벌면 뭐 하나? 우린 모두 백 년 안에 죽는데. 살아 있는 존재는 언젠가는 시들기 마련인데."

다시 말한다. 어쩌면 우리는 허만인지도 모르겠다. 어느 날 갑자기 집을 떠나 대동강을 건너고 묘향산에 오른 허만인지도 모르겠다. 그러니 우리 모두 허만이 되자. 이유에 멈칫하고 핑곗거리에 발목 잡힌 허만이 아니라 모든 이유와 핑계를 물리치고 홀연히 일어서 떠난 허만이 되자.

🌸 마음을 정했다. 혼례를 치르기 전에 경치 좋은 곳을 다 돌아보고 와야겠다. 증점처럼 '기수에서 목욕하고 무우에서 바람 쐬고 노래 부르며'

돌아와야겠다. 공자님도 분명 내 생각에 찬성하겠지. 결정을 내린 후 부모님께 간곡히 요청했다. 여러 차례 분명하게 말씀드리자 부모님께서 허락을 하셨다. 가도 좋다는 그 말을 듣자 가슴이 확 트였다. 매가 새장에서 나와 하늘로 오르는 기분과 비교할 수 있을까? 아니면 좋은 말이 굴레에서 벗어나 천 리를 달리려는 뜻을 품은 기분? 그날로 남자 옷을 입고 짐을 싸서 떠났다. • 김금원, 떠나기로 결심하다, 『호동서락기』

열네 살 김금원의 앞날은 결정되어 있는 것이나 마찬가지였지. 김금원이 정확하게 밝히고 있지는 않지만 그건 바로 기생의 길이었지. 철도 들지 않은 열네 살 소녀인데 기생이라니 듣기만 해도 안타깝다. 그런데 좌절하고 눈물 흘려야 할 당사자인 김금원은 뜻밖에도 긍정적이다. 절망 속에서 오히려 작은 희망을 찾아낸다. 김금원은 이렇게 말했다지.

"하늘이 내게 어진 마음

과 똑똑한 머리와 눈과 귀를 선물했습니다. 어찌 좋은 경치를 널리 보고 즐기지 않을 수 있겠습니까? 하늘이 내게 총명함을 주셨으니 이 좋은 나라에서 어찌 할 일이 없겠습니까?"

긍정적인 마음 하나만은 인정해 줘야겠다. 열네 살에 기생 되길 권하는 나라에 살면서 좋은 나라라는 표현을 쓰다니. 물론 백퍼센트 진심만은 아니었겠지만. 어쨌든 김금원은 자신의 생각을 곧바로 실행에 옮긴다. 자유를 누리는 마지막 시기를 활용해 여행을 다녀오겠다고 부모에게 과감히 요청한다. 밑줄 그어 가며 읽었던 『논어』의 구절까지 인용하며 부탁하는 딸의 요청을 부모는 차마 거절할 수 없었다. 공부를 시킨 것도 부모였고, 기생이 되라 한 것도 부모였으니까. 딸의 성취에 기쁘게 웃었던 것도 부모였고, 딸의 처지에 가슴 아파하면서 눈물 흘렸던 것도 부모였으니까. 김금원의 남장 여행은 그렇게 시작되었다.

김금원은 제천 의림지를 시작으로 금강산과 설악산과 서울까지 두루 본 후에야 집으로 돌아왔다. 여행을 마친 김금원은 어떻게 되었을까? 예정되었던 대로 기생이 되었다. 참 허망하지? 너는 입을 내밀고 이렇게 물을 수도 있겠다. 여행을 통해 김금원이 얻은 건 도대체 뭐야?

너의 질문은 합당하다. 겉보기에 김금원은 전혀 달라지지 않은 것처럼 보인다. 여행 중에 도망친 것도 아니었고, 여행을 마친 후에 새로운 삶을 개척한 것도 아니었다. 그저 부모의 요구를 아무 일도 겪지 않은 착한 딸처럼 충실히 받아들였을 뿐이니까.

하지만 자세히 들여다보면 사정은 달라진다. 김금원은 여행을 통해 세상을 새롭게 보았고 자신만의 구체적인 꿈을 만들어 냈다. 그건 바로 작가가 되는 꿈이었다. 무라카미 하루키 식으로 말하자면 작지만 확실한 꿈을 찾아낸 것이지. 김금원은 부모를 배반하고 싶지 않았다. 그래서 부모의 뜻도 존중하고 자신의 뜻도 펼칠 방법을 탐색했다. 그렇게 찾아낸 것이 작가의 꿈이었다. 김금원은 세상의 기준이 아닌 자신만의 방법으로 느리고 착실하게 꿈을 이뤄 나갔다. 먼저 자신의 꿈을 이해해 줄 남자를 찾았다. 기생이라 얕보지 않으며 여자가 글을 쓴다고 나무라지 않을 그런 아량을 지닌 남자 말이다. 쉬운 일은 아니었겠지. 조선은 여성을 소모품 정도로 여기던 나라였으니까. 다행히 그런 남자가 있기는 있었다. 김덕희라는 사람이었다.

김덕희의 첩이 된 김금원은 본격적으로 자신의 꿈을 펼친다. 자신과 처지가 비슷하고 꾸는 꿈도 비슷한 여인들을 만나 글 쓰는 모임을 만들었다. 이들은 수시로 모임을 가졌다. 거문고를 연주하고 시를 읊었다. 김금원은 꾸준히 시를 썼다. 그리고 드디어 자신의 삶을 기초로 한 책을 써서 작가의 꿈을 이루었다. '호동서락기'란 제목의 책이다.

『호동서락기』는 김금원이다. 열네 살 때 남장을 하고 여행을 떠난 사연, 김덕희를 만난 사연, 마포 삼호정에서 자신과 뜻을 같이하는 이들을 만나 활동한 사연이 모두 다 이 책에 담겨 있다. 그러므로 『호동서락기』는 한 권의 책이 아니라 김금원이다!

김금원의 교훈은 이렇다. 김금원은 도저히 꿈을 꿀 수 없는 상황에서 꿈을 꾸고 그 꿈을 이뤘다. 모두가 그럴 수는 없겠지. 하지만 달리 생각할 수도 있겠다. 이루어지기도 하지만 이루기 어려운 것 또한 사실이기에 꿈이라고 부르는 거니까. 기운이 빠질 때마다 김금원을 떠올려 보자. 작지만 확실한 꿈을 꾼 후 느리게 한 발 한 발 걸어 그 꿈을 이뤄 나간 김금원 같은 존재가 있다는 것 자체가 우리에겐 희망이니까.

　　진나라의 황보밀은 스무 살 때까지는 공부에 전혀 뜻이 없었다. 그 후에 깊이 깨달은 바가 있어 선생을 찾아가 글을 배웠다. 여러 학자의 학문을 두루 공부한 끝에 나중에는 사람들로부터 현안 선생이라 칭송을 받았다. 당나라의 진자앙은 부잣집 아들이었다. 열여덟 살 때까지는 놀며 지냈다. 그러다 정신을 차렸다. 뜻을 세워 경전 공부에 힘을 쏟았다. 그 결과 문장으로 세상에 이름을 떨치게 되었다. 송나라의 소순은 두 사람보다 더 늦었다. 스물일곱 살 때까지는 글을 멀리했다. 그러다 분발하여 글을 읽기 시작했고, 몇 년 후에는 모두가 감탄하는 훌륭한 글을 썼다. • 장유, 늦깎이 공부, 『계곡집』

장유의 교훈적인 글이 전하고자 하는 바는 분명하다. 공부하기에 너무 늦은 나이는 없다는 것! 이 글을 읽으니 내가 무척 좋아하는 작가인 주제 사라마구가 떠오른다. 1922년생인 주제 사라마구는 1998년, 우리 나이로 일흔일곱에 노벨 문학상을 받았다. 주제 사라마구가 본격적인 소설가의 길로 들어선 건 오십을 훌쩍 넘겼을 때였다. 왜 그렇게 늦게 시작했느냐는 기자의 질문에 주제 사라마구는 이렇게 답했다.

"나는 독학을 했어요. 우리 가족을 위해선 다른 방법이 없었답니다. 나는 2년 동안 기계공으로 일했고, 그 뒤로는 다양한 직업을 거쳤어요. 내 문학 교육은 공공 도서관에서 이루어졌어요. 집에는 책 한 권 없었고, 어머니는 문맹이었거든요. 아, 그즈음에는 나의 미래가 도무지 보이지 않았어요. 그러니 꿈을 꾸고 말고 할 것도 없었지요. 스물다섯에 소설 한 편을 쓰기는 했어요. 하지만 본격적으로 소설 창작의 길에 들어선 건 잡지사에서 쫓겨났을 때였지요. 그때 내 나이 오십이었어요."

나는 이 교훈을 꿈을 꾸기에 너무 늦은 때는 없다는 표현으로 바꾸고 싶다. 그러나 냉정한 소리부터 먼저 해야겠다. 우리 모두 황보밀이나 주제 사라마구처럼 결실을 맺으리라는 보장은 없다는 사실!

그렇다고 미리부터 절망할 필요 또한 없지. 김금원이 희망이었듯 황보밀과 주제 사라마구도 우리에겐 또 다른 희망이자 가능성이니까. 그런 이들이 있었다는 사실만으로도 우리는 힘을 얻는다. 다시 말한다. 너무 늦은 것은 없다. 평범한 소리지만 늦었다고 생각했을 때가 가장 빠른 때다. 이 격언의 교훈은 명확하다. 가만히 있지는 말자. 일단은 뭐라도 시작하고 보자.

세상은
왜?

똑같은 질문, 똑같은 답

과거에 급제하고 벼슬에 오르는 것을 가지고 사람의 품격을 말해서는 안 된다. 느긋하고 산만한 이들에게 왜 그렇게 살지 않느냐고 다그치는 건 편협하고 무의미한 행동이니까. 나는 상상한다. 과거 시험의 규정에 맞는 글쓰기에 목숨을 걸고 사는 이들에게 그러지 말고 당신이 가진 재능 하나씩을 마음껏 펼쳐 보라 말하면 어떤 일이 벌어질까? 수만 가지의 재능이 한꺼번에 나타나는 장관이 펼쳐지겠지. • 유만주, 한 가지만을 강요하는 사회, 『흠영』

수학 시험이 수능에서 높은 비중을 차지하는 이유를 도무지 모르겠다는 너의 푸념이 떠오른다. 너는 대학에 가서 문학을 공부하고 싶다고 했다. 소설도 쓰고 싶다고 했다. 그런데 수학 성적이 워낙 바닥이니 대학이라고 이름 붙은 곳에 가는 것부터가 쉽지 않다고 했다. 너의 생각에 백 퍼센트, 천 퍼센트 동의한다. 나 또한 수학 때문에 적지 않게 고생을 했으니까.

처다보기도 싫은 수학 책을 억지로 펼쳐 놓고 공부를 하면서 이를 갈고 또 갈았다. 대학에만 붙으면 이놈의 수학 책, 다시는 처다보지도 않겠다고 하늘에 맹세했다. 그랬기에 어렵게 대학에 붙은 후엔 수학 책을 '거의' 펼친 적이 없었다.(왜 거의냐고? 수학 책을 아주 버리지는 못했다. 학교에 다니려면 돈을 벌어야 했으니까. 과외가 제일 쉬운 돈벌이였으니까.) 결론은 명확하다. 밤을 새워 가면서 공부했던 수학은 내 삶에 '거의' 영향을 미치지 못했다. 학교 다니는 데 약간의 도움만 주었을 뿐이다.

너와 비슷한 의문을 품은 사람이 조선 시대에도 있었다. 그 사람의 이름은 바로 유만주다. 양반집 자제 유만주는 평생 과거에 응시하며 살았다. 그러나 합격의 기쁨을 누린 적은 단 한 번도 없었다. 공부를 안 한 것은 아니었으나 시험이 요구하는 수준에는 결코 도달하지 못했다. 하도 시험을 많이 봐서 자기도 모르는 사이 과거 시험 전문가가 되어 버린 유만주는 어느덧 과거 시험이라는 제도 자체를 회의하기 시작한다. 그의 질문은 간단하다. 온 나라의 선비들이 똑같은 문제를 놓고 그 해답으로 평가받는 것, 이것이 과연 올바른 제도일까?

어떠니? 정말 너와 똑같은 질문을 하고 있지? 이 질문에 대한 대답은 너도 알고 나도 알고 있다. 올바르지 않다는 것, 한심한 제도라는 것, 그것이 유만주의 질문에 대한 정확한 답이다. 유만주는 한 걸음 더 나아가 '그렇다면 올바른 과거 제도는 어떤 것인가' 하는 질문을 던져 본다. 과거 시험 전문가 유만주가 스스로 적은 답은 이렇다.

자기들이 갖고 있는 재주 하나를 보고 뽑으면 된다. 나이와 정원에는 일절 제한을 두지 않는다. 예법, 음악, 무술, 형법 등 각각의 처지에 맞게 등용하면 되니까. 이렇게 하면 주특기가 있거나 한 가지 기예에 능숙한 이들은 남과는 다른 자기만의 재능을 갈고닦는 데 온 힘을 다 쏟겠지.

• 유만주, 내가 생각하는 올바른 과거 시험, 『흠영』

너는 분명 유만주의 생각에 동의할 테지. 나 또한 마찬가지다. 왜? 유만주의 생각은 사실 상식적인 생각이니까. 나라는 크고 할 일은 많다. 나라가 제대로 운영되기 위해선 해야 할 일에 적합한 사람부터 뽑아야 한다. 그런데 나라는 오직 과거 제도라는 한 가지 방법만으로 사람을 뽑고 있다. 과거 시험에 통과한 사람은 모든 일을 다 잘할 것이라는 환상에 가까운 믿음으로 인력을 선발하고 있다. 유만주의 생각이 상식적인 것인데 그 상식이 도무지 수용되지 않는다. 그러면 너는 자연스럽게 이렇게 물을 테지. 왜 그랬을까? 답은 간단하다. 상식의 수용을 거부한 집단이 눈을 시퍼렇게 뜨고 존재했기 때문이다.

문벌을 숭상하는 풍속이 문제다. 집안에 벼슬아치가 있으면 친척들까지 일을 하지 않는다. 노비를 세습하는 법도 이들의 삶을 후원한다. 그렇기에 자신이 관리도 아니고 고조와 증조가 벼슬을 하지 못했어도 노비를 부리며 편안하고 여유 있게 사는 것이다. 직접 농사를 짓는 사람이 있으면 부끄럽게 여겨 그 집안과는 혼례를 치르지 않는다. 그 결과 놀고먹는 이들이 태반인 세상이 되었다. • 이익, 놀고먹기 위한 문벌, 『성호사설』

『성호사설』을 쓴 이익은 문벌을 그 이유로 들고 있다. 과거 급제에 성공해 높은 벼슬에 오른 사람이 일가에 한 명만 있으면 모두가 잘 먹고 잘살 수 있기에 문벌이 유지되는 거라고 확실하게 알려 주고 있다.

그러니까 과거 급제는 양반 가문이 자리 잡는 데 있어 핵심적인 수단

으로 사용되었던 셈이다. 이 수단을 쉽게 넘겨줘서는 곤

란하겠지. 그렇기에 과거 시험은 똑같은 문제를 놓

고 그 답으로 평가받는 단 한 가지 방

식만으로 치러지게 된 것

이다. 언뜻 듣기엔 꽤

공정한 것처럼 느낄

니들이
금 맛을 알아?!

수도 있겠다. 문벌에 관계없이 성적만 좋으면 누구나 합격할 수 있다는 소리로 들리니까. 개천에서도 용이 날 수 있다는 소리로 들리니까.

현실은 그렇지가 않다. 과거 시험에 나오는 문제에 대한 훌륭한 해답을 쓰려면 수많은 경전을 읽고 외워야 한다. 혼자서 불가능하면 그룹을 만들거나 족집게 선생을 불러서 공부를 해야 한다. 이런 뒷바라지를 할 수 있는 이들은 양반 말고는 없다.(로스쿨에 어떤 사람들이 합격하는지를 생각하면 이해하기 쉬울 것이다!) 금수저가 아니고는 통과 자체가 불가능하다는 뜻이다. 물론 아주 드물기는 하나 예외가 있기는 하다. 머리가 너무 좋아서 가끔은 훌륭한 가문 자손이 아님에도 불구하고 시험에 합격해 버리는 뜻밖의 일이 생기기도 한다. 그렇다면 여기서 질문. 그 뒤엔 어떻게 될까?

 과거에 급제한 구종직이 문 닫은 서원에서 놀고 있을 때의 일이다. 남루한 옷차림을 하고 민심을 살피던 성종이 우연히 그를 만났다. 뭘 잘하느냐고 묻자 구종직

은『춘추』를 언급했다. 성종이 시험 삼아 질문을 던졌다. 막히는 게 전혀 없었다. 다음 날 성종은 그를 홍문관 수찬에 임명했다. 삼사의 관원들은 격렬히 반대했다. 그의 미천한 신분을 들어 재고를 요청했다. 성종은 관원들을 불러들였다.『춘추』의 한 부분을 언급하고는 외워 보라는 명령을 내렸다. 모두들 제대로 외우지 못했다. 구종직에게도 똑같은 명령을 내렸다. 그는 조금도 막힘없이 글을 외우고 해석했다. 성종이 말했다.

"경서를 제대로 익힌 사람은 경연 자리에 있을 수 없고, 경서를 제대로 익히지 않은 사람은 그 자리를 차지하고 앉아도 괜찮다는 논리요?"

관원들은 아무 말도 못했다. • 이익, 미천한 신분의 구종직,『성호사설』

구종직의 사례를 자세히 살펴봐야겠다. 내로라하는 양반들이 듣도 보도 못한 가문의 자손이었던 구종직은 피나는 노력 끝에 당당하게 과거에 급제했다. 구종직은 장밋빛 미래를 그렸을 것이다. 그럴 만했다. 그 어렵다는 과거에 급제했으니 이제는 관리가 되어 자신의 능력을 발휘하고 부귀영화를 얻을 일만 남은 셈이었으니까. 그런데 이익은 구종직이 '문 닫은 서원에서 놀고 있다'고 썼다. 우리는 이 문장을 통해 과거에 급제했다고 모두 다 성공하는 것은 아니라는 사실을 깨닫게 된다. 과거에 급제하더라도 가문이라는 배경, 즉 문벌이 없으면 말짱 꽝이었다. 관직을 얻지 못하고 기다리기만 하다가 끝내 포기하고 마는 게 보통의 경우였다. 과거 급제자 사이에도 차별은 존재했다!

그런 면에서 볼 때 구종직은 운을 타고난 사람이었다. 잠행의 취미를 가졌던 성종의 눈에 들어 하루아침에 요직 중의 요직인 홍문관 수찬이 되었으니 말이다. 성종의 논리적인 반박의 말은 그 시대 관료 사회의 모순을 백일하에 드러낸다. 관료 중 상당수가 경전조차 제대로 외우지 못하고 있음을 비꼬고 있는 것이다. 그러니 구종직을 채용하지 못할 이유가 뭐냐고 따져 묻는 것이다. 임금의 말은 옳았다. 그래서 관료들은 반박하지 못했고 구종직은 홍문관 수찬이 되었다.

그러나 네가 알아야 할 것이 있다. 이것은 예외적인 사건이다! 무슨 말이냐고? 구종직의 사례가 미담으로 남아 후세에 전해진 이유가 뭐겠는가? 그런 사례는 거의 없었다는 뜻이다. 조선 사회는 약간의 예외조차 허락하지 않는 철저한 문벌 중심의 사회였다는 뜻이다.

우리가 사는 세상에 더 이상 문벌 같은 건 없지 않느냐고 물을지도 모르겠다. 진심으로 묻는 게 아니라는 걸 안다. 그래, 네 말대로 문벌이란 단어는 더 이상 쓰이지 않지. 대신 다른 게 있다. 기득권은 어떨까? 금수저는 어떨까? 사회가 복잡해짐에 따라 법률 전문가의 중요성은 점점 더 커져 가는데 로스쿨의 정원이 좀처럼 늘지 않는 이유는 도대체 뭘까?

너에게 말한다. 문벌이라 불러도 좋고 금수저라 불러도 좋다. 기득권은 우리 역사 속에서 단 한 번도 사라진 적이 없다. 그건 지금도 마찬가지고.

나도 모르게 한숨이 나와

『맹자』 책이 그나마 내 집에 있는 물건 중 귀한 것인데 하도 배가 고파서 돈 2백 푼에 팔아 버렸지. 그 돈으로 밥을 지어 먹었더니 배가 엄청 부르더군. 나는 신이 난 얼굴로 유득공에게 달려가 내 처신이 어떠냐고 한바탕 떠들어 댔지. 굶주림에 시달리기로는 나 못지않았던 유득공은 내 말을 듣는 즉시 『춘추좌씨전』 책을 팔았어. 우리는 그 돈으로 함께 술을 마셨지. 참으로 대단한 사건 아닌가? 맹자가 손수 밥을 지어 내게 먹여 주고, 좌구명이 직접 술을 따라 내게 권한 것과 다를 바가 전혀 없으니 말이야.

• 이덕무, 책을 팔아 밥 먹고 술 마시는 법, 『청장관전서』

이덕무가 이서구에게 보낸 편지는 참으로 우스꽝스럽지. 고질적인 가난 탓에 제대로 먹지도 못하고 살던 이덕무의 눈에 어느 날 『맹자』 책이 들어왔다. 『맹자』 책을 노려보던 이덕무는 결단을 내렸다. 밖으

참 쓸모 있는 책이야~

로 들고 나가서는 팔아 버렸다. 그 돈으로 쌀을 사서 배불리 먹 었다. 이덕무는 이기주의자가 아니었다. 책을 팔아 밥을 먹 은 귀한 경험을 혼자서만 누릴 수는 없는 일. 절친인 유득공에게 당장 달려 가 비법을 전수했다. 이덕무 못지않게 가난했던 유득공은 밥보다는 술이 더 급했던 모양이다. 『춘추좌씨전』이라는 책을 팔아 받은 돈으로 술을 사서 이덕무와 나눠 마셨다. 모르긴 몰라 도 술에서는 아마 먹물 냄새가 진동했겠지. 기분이 좋아진 이덕무는 자랑할 친구를 찾았다. 그래서 한동네 사는 어린 친구 이서구에게 부 리나케 편지를 써서 보냈던 것.

네가 말한다. 웃기기는 한데 어딘지 좀 찜찜한 구석이 있다고. 그렇 다. 이 편지는 네 말대로 찜찜하다. 좀이 아니라 많이 찜찜하지. 웃고 넘기기엔 너무 슬프고 마음이 아프지. 왜 그럴까? 이덕무와 유득공은 선비들이다. 선비들에게 책은 필수품이다. 책이 있어야 공부도 할 수 있고 과거도 볼 수 있고 집안을 일으킬 수 있다. 그런데 고작 한 끼 밥과 한 잔 술을 위해 그 귀한 책들을 팔아 버렸다는 것이다. 그렇다면 이렇게 묻지 않을 수 없다. 다른 물건들도 아주 없는 건 아니었을 텐데 왜 하필 책이었을까?

가장 큰 이유는 그 당시 책값이 꽤 비쌌다는 데에 있다. 그러나 내 생각에 보다 중요한 이유가 있다. 그들에게 책은 애증의 물건이었기 때문이다. 그들은 선비는 선비인데 가난한 선비들이다. 게다가 서얼들이었다. 그렇다. 그들은 흙수저였던 것! 운 좋게 과거에 급제하더라도 성공은 기대하기 어려운 처지의 사람들이었다는 뜻이다. 게다가 책을 과거 급제를 위한 수단 정도로 생각하는 것 또한 책벌레인 이덕무에겐 어딘지 거북했다. 그래서

나도 생선 먹고 싶다… 야옹~

시원하게 결단을 내린 것이다. 제 역할도 못하는 책, 괜한 욕심만 갖게 하는 책, 차라리 팔아서 밥이나 먹어 버리자, 술이나 마셔 버리자!

이 편지에서 주목할 것은 따로 있다. 이덕무가 이서구에게 편지를 보냈다는 사실이지. 이서구는 자신보다 나이 많은 이덕무, 유득공, 박제가와 가깝게 지냈다. 넷이 함께 『한객건연집』이라는 시집까지 내기도 했다. 이 시집은 유금의 손에 의해 중국에 수출되기도 했다.(자세한 내막은 스스로 찾아보길 바란다!) 둘의 관계를 생각할 때 이덕무가 이서구에게 이 특별한 사연을 알린 건 자연스러워 보인다. 그러나 이서구는 이덕무 등과 똑같은 사람은 아니었다.

이서구는 명문 양반가의 자손이었다. 물론 양반 중에 드물게 생각이 깊고 편견이 없는 사람이기도 했다. 그런 사람이었으니 서얼인 이덕무 등과 거리낌 없이 어울렸겠지. 이덕무 또한 이서구의 인품을 믿고 친구처럼 대했을 테고. 그러나 나는 이렇게 생각해 보고 싶다. 이 편지를 썼을 때 이덕무의 마음도 과연 그랬을까? 가난한 데다 앞날까지 캄캄해 아끼고 아끼던 책마저 팔아 버린 이덕무가 과연 함께 웃자는 마음만으로 이서구를 수신 대상으로 삼았을까?

모르겠다. 남은 건 그저 이 한 장의 편지뿐이니까. 편지에 적히지 않은 사연을 추측하는 건 너와 나의 몫이니까. 내 추측은 밝혔으니 너도 깊이 생각해 보기 바란다. 이덕무의 편지 이야기를 마치기 전에 가난을 실감 나게 표현한 또 다른 편지 하나를 양념 삼아 보탠다.

눈에는 졸음을 잔뜩 쌓아 두고 있는데 접시엔 생선 꼬리 하나 없군요. 참 이상하지요? • 이덕무, 가난한 정이옥에게, 『청장관전서』

가난에 시달리는 건 이덕무의 또 다른 친구 박제가도 마찬가지였다. 홀어머니가 삯바느질을 해서 번 돈으로 박제가를 키웠다는 건 널리 알려진 이야기이기도 하고. 그렇다면 박제가도 이덕무의 사례를 본받아 책을 팔아 밥을 먹고 술을 마셨을까?

오늘날의 사대부는 과거, 문벌, 붕당이 없으면 벼슬자리에도 오르지 못하고 장사도 하지 못하고 그저 사람 틈에 묻혀 쓸쓸히 살아갈 뿐입니다. 굶주려 죽을 위기에 몰려 있으면서도 사대부라는 이름을 포기하지 못해 농부조차 못 되는 사람 또한 있고요. 그들은 대체 무엇을 하려는 걸까요? • 박제가, 원중거 어르신을 배웅하며, 『정유각집』

그러기엔 박제가의 자존심이 너무 강했다. 박제가는 세상에 대한 분노를 아예 직설적으로 드러내곤 했다. 왜? 조선이라는 나라는 박제가 같은 사람의 팔다리를 잘랐다. 사람 취급을 하지 않았다. 그런 나라에서 과거 시험에 급제해 관리로 이름을 떨치는 것은 불가능했다. 서얼인 박제가에게 문벌은 꿈도 꾸지 못할 뜬구름이었다. 그렇다고 가난을 벗어나기 위해 농사를 짓거나 장사를 하는 것도 불가능했다. 서얼이기는 해도 양반인 것은 분명했다. 양반이 돈을 벌기 위해 장사에 나서거나 농사를 지었다간 주위의 비난에 견뎌 나지 못할 것이었다. 난감하기 그지없는 상황이었다. 공부도 하지 말고 돈도 벌지 말라니, 그렇다면 도대체 어떻게 살라는 건가? 반쪽 양반으로서의 위신은 도대체 어떻게 세우라는 건가? 밥은 도대체 어떻게 구해서 먹으라는 건가? 가난한 서얼의 문제니까 알아서 살라는 건가?

박제가의 이 외침에 세상은 어떻게 대답했을까? 속이 상할 대로 상했던 박제가는 정조에게 직접 상소문을 올리기도 했다. 조선이 직면한 가난을 극복하기 위해선 중국과 교류를 해야 하며, 놀고먹는 양반들은 좀과 똑같은 존재들이니 철퇴를 가해야 한다는 과격한 내용이었다. 성군으로 칭송받는 정조는 어떻게 응대했을까? 박제가의 식견을 칭찬했다. 그뿐이었다. 후속 조치는 전혀 취해지지 않았다. 가진 것 없는 이들의 외침에 귀 기울이지 않는 건 그때나 지금이나 마찬가지다.

이조 판서를 만났습니다. 아이들 가르치는 교관 자리로 권필을 굴복시키려 하더군요. 권필이 과연 벼슬자리를 받아들일까요? 한 번 물어봐 주세요. 때론 가난이 그렇게 만들기도 하는 법이니까요. •허균, 부탁을 드립니다. 『성소소부고』

허균에게 권필은 둘째가라면 서러워할 정도로 가까운 친구였다. 허균의 친구였던 만큼 보통 사람은 아니었지. 선비면 당연히 거치는 과거를 일찌감치 포기했으며, 하고 싶은 말은 거리낌 없이 다 내뱉고 살았으며, 그런 사람이 대개 그렇듯 다른 사람의 간섭을 받는 것을 죽기보다 더 싫어했지. 이런 생활 태도를 지녔으니 세상 사람들의 미움을 한 몸에 받았던 건 당연한 일! 권필 스스로도 자신의 이러한 태도에 대해 잘 알고 있었다. 권필은 허잠에게 보낸 편지에서 이렇게 고백한다.

과거에 응시하라고 하셨으나 이는 저를 모르셔서 하시는 말씀입니다. 저는 세상에 나가서는 안 될 사람이랍니다. 어찌 남 흉보기 좋아하는 사람들 때문에 내 마음을 바꾸겠습니까? • 권필, 그럴 수는 없습니다, 『석주집』

이런 권필이었으니 돈을 버는 일에도 아무런 관심을 보이지 않았다. 수입은 없고 지출만 있는 권필에게 가난은 일상사였다. 본인은 괜찮아도 가까운 사람들은 오히려 괜찮지 않은 법이다. 가난을 숙명으로 안고 사는 권필을 보다 못한 친구며 선배들이 나서서 그에게 관직 하나를 슬며시 안기려 했다. 권필의 성미를 고려해 이름은 있되 하는 일은 거의 없는 미묘한 조건의 자리 하나를 마련해 선물하려 했다. 문제는 도대체 누가 권필에게 그 사실을 알리느냐 하는 것이었다. 천하의 허균이었지만 권필에게 직접 그 말을 전하기는 무서웠던 모양이다. 그래서 허균은 또 다른 친구인 조위한에게 편지를 보내 자기 대신 그 역할을 맡아 달라 부탁한 것이다. 어떻게 됐을까? 별 효과는 없었다. 조위한 역시 권필의 뜻을 꺾지는 못했다. 아부를 몰랐던 권필은 평생 그러한 태도를 바꾸지 않았다. 결국 권필은 불순한 시를 썼다는 혐의로 체포되었고 해남으로 귀양 가던 중 세상을 떠났다.

권필의 흔들리지 않는 단단한 마음, 그리고 친구들의 마음 씀씀이에도 눈이 가지만 '가난'에 대한 허균의 성찰이 우리를 더욱 마음 아프게 한다. 허균 말대로 살다 보면 가난 때문에 어쩔 수 없이 해야만 하는 일들이 있다. 내 꿈과는 하나도 관계없는 일인데 오직 먹고살기 위해서 해야만 하는 일들이 있다. 가난은 그래서 무서운 것이다.

마지막으로 질문 하나. 권필이 관직 제안을 받아들였으면 어떻게 되었을까? 원하지도 않는 일을 마치고 집에 돌아온 후 길게 한숨부터 내쉬었겠지. 오늘날 퇴근하고 돌아온 가장들이 그렇듯 말이다. 그런 의미에서 자기 사는 집에다가 '한숨 쉬는 집'이라는 기이한 이름을 붙인 사람의 사연을 들어본다. 이학규의 글이다.

문에 들어서면 금방 상쾌해집니다. 구불구불 이어진 길을 걷다가 드디어 평지를 만난 기분이지요. 방 안에 누우면 또 어떤가요? 무거운 짐을 마침내 내려놓은 것만 같습니다. 그럴 때면 나도 모르게 후, 하고 한숨을 내쉬게 된답니다. • 이학규, 집에 돌아와 한숨을 내쉬는 이유, 『낙하생집』

이 사람이 대단한 일을 하고 집으로 돌아온 것은 아니라는 사실부터 밝혀야겠다. 아전으로 짐작되는 이 사람은 하루 종일 비단과 곡물의 숫자만 세다가 돌아왔다. 이 사람은 자신이 하는 일을 무척이나 싫어했다. 그럼에도 일을 하는 건 오직 한 가지 이유, 돈이 필요했기 때문이다. 그러므로 나는 집에 돌아와 내쉬는 한숨엔 여러 가지 의미가 포함되어 있다고 말하고 싶다. 권필의 길을 간 건 아니지만 피곤하긴 마찬가지라고나 말해야 할까? 이 남자의 한숨 소리, 너에게는 어떤 의미로 들리는지 무척 궁금하다.

나는 대리 시험의 달인

영남에서 실시한 과거에 합격한 유광억이 서울에서 시험을 치르기 위해 길을 떠났을 때의 일이다. 어떤 사람이 부인들이 타는 가마를 대령하고 길에서 유광억을 맞았다. 유광억은 기쁜 마음으로 가마에 올랐다. 그 사람의 집에 도착한 후 살펴보니 붉은 대문이 몇 겹이었고 화려한 건물이 수십 채였다. 흰 얼굴에 수염도 다 자라지 않은 청년들이 보였다. 그들은 종이를 펼쳐 놓고 그를 기다리고 있었다. 유광억은 자신의 할 일을 알았다. 그들은 자신들의 글에 대한 유광억의 품평을 주의 깊게 경청했다. 주인은 유광억을 안채에 묵게 했다. 하루 다섯 끼의 진수성찬도 제공했다. 하루 서너 번씩 얼굴을 내미는 정성도 잊지 않았다. 아들이 부모를 섬기듯 애정과 진심을 다해 유광억을 대접했다. 얼마 후 과거가 실시되었다. 주인의 아들은 보란 듯이 진사 시험에 합격했다. 유광억이 대신 써 준 글로 이룬 성과였다. 목적을 이룬 주인은 유광억에게 여행에 필요한 물건들을 잔뚝 챙겨 주며 이별을 고했다. 그것으로 전부가 아니었다. 유광억이 집으로 돌아온 후 어떤 이가 이만 냥을 들고 나타났다. 주인이 보낸 이였다. 고을에서 빌렸던 곡식도 경상 감사가 대신 갚아 주었다는 사실도 알게 되었다. 주인은 예절을 아는 사람이었다. • 이옥, 대리 시험의 명인, 『담정총서』

그렇다면 배경도 없고 재산도 없는 사람은 도대체 어떻게 살아야 하는 걸까? 첫 번째 사례는 유광억이다. 유광억은 조선 사람치고는 좀 희한한 직업을 가졌다. 대리 시험 응시가 유광억의 직업이었던 것. 이 직업을 유지하기 위해선 실력을 갖춰야 했다. 유광억은 어떤 종류의 글이 과거에 급제할 수 있는지 귀신같이 알고 있었다. 그랬기에 꽤 많은 돈을 벌어들일 수 있었다. 하지만 유광억의 최후는 비참했다. 대리 시험을 꼬리에 꼬리를 붙이듯 이어 가다가 마침내 붙잡히고 만 것. 사실 유광억은 마음이 약한 사람이었다. 재판 과정을 견딜 만한 힘이 그에게는 없었다. 그래서 유광억은 감영으로 송치되기 전날 밤에 강물에 빠져 죽는 길을 택했다. 이옥은 마음마저 판 사람이라는 표현으로 유광억을 비판했다. 그러나 마지막엔 이렇게 덧붙였다.

'주는 자나 받는 자나 다 똑같은 사람이다.'

무슨 뜻이냐면 대리 시험을 봐 달라고 한 사람이 있기에 유광억의 범죄가 성립했다는 뜻이다. 이옥의 눈에는 대리 시험을 부탁하는 사람이나 대리 시험에 응시하는 사람이나 똑같이 보였던 것. 아니, 문맥을 자세히 읽으면 유광억에 은근히 동조하는 마음마저 읽을 수 있다. 그런데 이 이야기를 읽다 보면 이렇게 질문하지 않을 도리가 없다. 유광억은 왜 자기 이름으로 과거를 보지 않았을까? 선비라면 당연히 가져야 하는 꿈인데 왜 그 꿈을 이루려고 시도조차 하지 않았을까?

그래, 네가 한 대답이 맞다. 유광억은 변변치 않은 집안의 자손이었다. 과거에 급제해도 관리가 될 가능성은 전혀 없었던 인간이 바로 유광억이었다. 그러므로 유광억을 사기꾼이라 부르는 건 올바르지 않다. 부조리한 사회 제도 속에서 어떻게든 살아남으려고 노력하고 또 노력했던 인간이었다.

대리 시험 이야기가 나왔으니 함께 언급하고 싶은 사람이 있다. 노긍이다. 노긍 또한 대리 시험으로 생계를 이어 갔다. 그러나 노긍은 유광억처럼 운이 좋지는 못했지. 대리 시험을 보았다는 죄목으로 붙잡혀 무려 6년을 유배지에서 보냈으니까. 맏아들 노면경에게 보낸 편지에 무척이나 가슴 아픈 대목이 보인다.

가난하다고 구차해지지는 말아라. 구차해지면 짐승이 된다. • 노긍, 면경에게, 『한원문집』

노면경은 아버지의 말을 받들었다. 남에게 손 벌리는 대신 임금의 행차를 막고 아버지의 원통함을 호소했다. 임금은 어떻게 했을까? 노면경마저 유배지로 보내 버렸다.(노긍은 '동해로 귀양을 가서 낙산사 해돋이를 구경하게 되었다'고 해학적으로 표현했다.) 아버지를 구하기 위해 애를 썼던 노면경은 훗날 스물아홉의 나이로 요절한다. 노긍은 죽은 노면경을 기리는 글에서 자신의 처지를 비웃는다.

노면경의 아버지는 문장을 업으로 삼아 이 세상을 살다가 죄를 얻은 자다. • 노긍, 면경을 기리며, 『한원문집』

그렇다면 우리는 다시 한 번 묻지 않을 수 없다. 답을 알면서도 다시 한 번 묻지 않을 수 없다. 노긍은 왜 대리 시험으로 생계를 이었을까? 답은 이렇다. 그럴 수밖에 없었기 때문이다. 몰락한 집안의 자손이었던 노긍에겐 그것 말곤 먹고살 수 있는 다른 방법이 없었다.

민범대는 술을 좋아했으며 기질이 기이하면서도 빼어났다. 거문고 연주 솜씨가 뛰어났다. 그는 시를 지을 때 술이 없으면 흥취가 없고, 거문고가 없으면 운치가 없다는 말을 자주 하곤 했다. 사람들은 그를 주정뱅이 취급을 했으며 시에 미친놈이라 불렀다. 그는 그렇게 불리는 것에 대해 조금도 신경 쓰지 않았다. 1782년 가을, 나는 구리 줄 거문고를 들고 민범대와 함께 남산에 갔다. 날이 저물자 민범대는 높은 언덕에 올라가 거문고를 연주했다. … 거문고 연주가 끝났다. 바람이 불어 나뭇잎이 떨어졌고, 새들이 구름 사이에서 놀라서 멀리 날아갔다. 기쁨과 울분이 모두 하나의 마음에서 나왔다. 정격과 변격, 높낮이를 구분해 보려고 애를 썼다. 나는 어느 것이 시 소리이고 어느 것이 거문고 소리인지도 구분할 수 없었다. 민범대가 거문고를 내려놓고 말했다.

"제 시나 거문고가 궁궐에서 들릴 일은 없겠지요. 시골구석이라면 또 몰라도요." • 남공철, 거문고 장인 민범대, 『금릉집』

남공철에 따르면 자신의 제자인 민범대는 술과 거문고와 시에 환장한 사람이었다. 그런데 너의 말대로 세상 사람들의 반응이 좀 뜻밖이다. 사람들은 민범대를 주정뱅이라 부르며 조롱했다. 개인의 기호와 관련된 문제인데 왜 사람들은 민범대를 비웃었을까? 그건 민범대가 술과 거문고와 시를 즐길 만한 계층의 사람이 아니었기 때문이다. 양반들이 노는 것을 풍류라고 한다. 양반이 아닌 사람들이 노는 것은 주제를 모르는 짓거리에 지나지 않았다.

그러나 민범대는 허위의식을 가진 사람이 아니었다. 그는 거문고와 시를 정말로 좋아했다. 그랬기에 사람들이 뭐라 하건 절대로 그만두지 않았다. 그렇다고 민범대가 사람들의 반응에 신경 쓰지 않았다는 뜻은 아니다. 민범대는 사람들의 말에 약간의 진실이 들어 있음을 아는 식견도 갖추고 있었다. 다만 그 마음을 제 입으로 직접 드러내지 않았던 것뿐. 참고 참았던 마음은 남산에서의 혼신을 다한 거문고 연주 후에 터져 나온다. 그는 스승에게 이렇게 하소연한다.

"나도 압니다. 내 연주와 시가 궁궐에서 들릴 가능성은 전혀 없다는 것을요. 나 같은 하찮은 사람이 출입하기에 궁궐 문턱은 너무 높으니까요. 결국 나는 시골구석이나 전전하다가 죽고 말겠지요."

남공철은 슬픔에 빠진 제자를 위로할 수 없다는 사실을 잘 안다. 왜냐하면 민범대는 자신이 말한 대로 살다가 죽을 것이기 때문이다. 정해진 길에서 벗어날 가능성은 전혀 없기 때문이다. 그러나 민범대가 잘못 이해한 부분도 조금은 있었다고 말하고 싶다. 민범대의 음악이 궁궐에서 들릴 가능성이 전혀 없는 건 그가 하찮아서도 아니고, 궁궐 문턱이 높아서도 아니다. 그럼 무엇 때문일까? 민범대의 음악을 이해하기엔 궁궐 사람들의 귀가 너무나 형편없기 때문이다. 무슨 말인지 잘 모르겠지? 당대 최고의 해금 명인으로 인정받았던 유우춘의 말을 인용하는 게 좋겠다.

해금을 처음 배우고 3년 만에 일가를 이루었지요. 그러느라 손바닥에 못이 잔뜩 박혔습니다. 나는 지치지도 않고 해금에만 몰두했고 그 덕분에 해가 갈수록 실력이 늘었습니다. 그런데 이상한 일이 일어났습니다. 수입은 전혀 늘지 않았고 내 음악을 이해하지 못하는 사람은 오히려 더 많아졌지요. 반면 실력도 별로 없는 무식쟁이들은 어떤가요? 그들은 망가진 해금으로 몇 달 연습한 뒤에 사람들 앞에 나섭니다. 사람들은 그들의 연주를 들으며 감탄합니다. 뒤를 따르는 이들만 수십 명입니다. 인기가 있다 보니 하루만 연주해도 손바닥 가득 돈을 벌지요. 왜 그런 거냐고요? 사람들이 이해하기 쉽기 때문이지요. 나의 해금 실력은 유명하지요. 하지만 이름뿐입니다. 내 연주를 듣고 제대로 이해하는 사람은 이 나라에 몇 명 되지도 않습니다. • 유득공, 해금 명인 유우춘, 『영재집』

유우춘의 지적은 너무 날카로워 우리의 가슴을 아프게 한다. 꿈을 위해 사는 삶이란 이래서 참 어렵다. 결국 유우춘은 늙은 어머니가 죽자 해금 연주를 그만두었다고 한다. 유우춘의 모순 가득한 삶을 전한 유득공은 말미에 이렇게 쓴다.

'유우춘은 실력이 늘수록 사람들이 알아주지 않는다는 말을 했다. 어찌 해금만 그렇겠는가!'

죽은 이덕무의 문장은 한 시대의 으뜸이었다. 한때는 나도 그릇된 명성을 얻었던 적이 있다. 그랬기에 자기들이 쓴 글을 들고 와서 고쳐 주기를 바라는 후배들이 꽤 있었다. 그즈음의 어떤 날 그 후배들 중 한 명의 글을 읽던 이덕무가 붓을 던지고 한숨을 쉬며 말했다.

"서울엔 어떤 물건이건 고치는 땜장이들이 있지. 소반, 냄비, 신발, 망건을 잘 고치면 제법 잘 먹고 살 수 있지. 나나 자네나 나이도 들었고 글도 거칠어졌어. 그렇다고 가만히 앉아 굶어 죽을 수는 없지. 이러면 어떻겠나? 붓과 먹과 벼루를 챙겨서 필운동이며 삼청동 같은 동네를 돌아다니며 외치는 거야, 구멍 난 시 때워 드립니다, 하고 말이야. 어떤가? 술 한 사발, 고기 한 접시 얻기에는 충분하지 않을까?"

동료에게 이 이야기를 하곤 크게 웃었다. 그 동료는 나에게 '시 땜장이'라는 별명을 붙여 주었다. • 유득공, 시 땜장이, 『고운당필기』

이번에도 이덕무와 유득공이 함께 만들어 낸 사연이다. 유득공에 따르면 이덕무는 스스로를 시 땜장이라고 불렀다.(아무래도 이덕무는 스스로를 비웃는 버릇이 있었던 것 같다!) 앞에서 소개했던 책 팔아 밥 먹고 술 마신 사연이 그렇듯 이 이야기 또한 마냥 우습지만은 않다. '이덕무의 문장이 한 시대의 으뜸'이었다는 건 친구인 유득공의 견해만은 아니었다. 이덕무가 죽은 후 문장에 까다로웠던 정조 임금이 직접 문집 발간을 지시한 것만 보아도 그의 문장이 남달랐음을 알 수 있다. 그러나 그건 나이를 먹은 후의 일이다. 관직을 얻지 못해 전전긍긍하던 젊은 시절 이덕무와 유득공은 실제로 시를 가르치는 것으로 생계를 이었다. 그들 말대로 한 시대 으뜸 문장을 가지고 있었으나 서얼에 불과한 그들에게 시 가르치는 것 말고 다른 할 일은 없었던 것이다. 정조의 특별 채용이 아니었다면 시 땜장이 일은 아마도 훨씬 더 오래 지속되었을 것이다. 그랬으면 그들의 미래는 어떻게 되었을까? 그들의 주인인 세상은 이덕무와 유득공을 앞서의 노긍처럼 철저하게 망가뜨리고야 놓아주었을 것이다.

저 바위 동굴 사이와 잡초 우거진 곳을 거처 삼아 사는 어부, 나무꾼, 날품팔이, 머슴 중에도 하늘의 품성을 타고난 이들이 있다. 재능 있는 그들은 도를 간직하고 있으며 기회만 주어진다면 천하를 바로잡아 다스릴 수도 있다. 그 정도 수준엔 못 미쳐도 자신만의 재주로 세상에 도움이 되는 일을 할 수 있는 이들도 꽤 많다. 그럼에도 그들은 때를 못 만난 까닭에 헛되이 태어나 헛되이 살고 늙다가 풀, 나무, 티끌처럼 썩어 가고 사라진다. 과연 누가 그들을 알아줄까? 예나 지금이나 참으로 슬픈 일이다. • 유만주, 슬픈 사람들의 기록, 『흠영』

朝鮮時代

유만주의 글이다. 유만주는 세상에서 제대로 쓰이지 못하고 있는 사람들을 따뜻한 눈으로 바라본다. 그들의 능력 부족이

아까운 사람들…
때를 잘못
만났어…

문제가 아니라 세상이 잘못된 까닭이라고 주장한다. 그러면서 이렇게 덧붙인다.

> 이런 사람들의 이야기만 모아 책을 쓰고 싶다. '슬픈 사람들의 기록'이라는 이름을 붙이고 싶다. • 유만주, 슬픈 사람들의 기록, 『흠영』

유만주다운 생각이다. 유만주 스스로가 실패한 삶을 살았기에 그의 글은 더 아름다운지도 모르겠다.

3

세상에
맞서 싸우는
사소한 방법들

딱 하루만 살자

옛날과 지금의 차이? 어쩌면 그저 잠깐이겠지. 그런데 잠깐은 실은 길고 긴 시간이기도 해. 잠깐이 쌓이고 또 쌓여서 옛날과 지금까지의 시간이 되기 때문이지. 어제, 오늘, 내일은 바퀴가 구르듯 순서를 바꿔 가면서 쉬지 않고 돌아가고 있지. 그래서 늘 새롭다. 모든 게 어제, 오늘, 내일 가운데에서 태어나고 늙어 가니까. 훌륭한 사람은 그저 이삼 일을 사는 데 온 힘을 다 쏟는 법이고. • 이덕무, 삼 일, 『청장관전서』

신분의 차별을 겪었고 가난에 크게 절망했던 이덕무가 제시하는 방법은 의외로 간단하고 고전적이다. '어제, 오늘, 내일, 삼 일만 신경 쓰면 끝!'이라는 것이다. 고생한 사람의 입에서 나온 말치고는 너무 평범하지? 그래서 어깨의 힘이 쭉 빠지지? 동감한다. 눈부시고 발 빠른 방법들에 익숙해진 우리 눈에 이덕무의 느리고 우직한 방법은 시대에 뒤떨어진 것처럼 보인다. 그러나 나는 이것보다 강력한 방법은 없다고 감히 말하고 싶다. 세상의 온갖 방해에도 불구하고 꿈을 끝까지 유지하는 방법은 꿈을 잊는 것이다!

무슨 말도 되지 않는 소리냐고? 아, 오해하지는 말길. 물론 꿈을 머릿속에서 완전히 지우라는 뜻은 아니다. 다만 하루하루를 살아갈 때는 먼 미래의 모습을 아예 잊으라는 것이다. 바로 지금, 잠깐의 시간만이 내가 갖고 있는 시간의 전부인 양 생각하는 것이다. 지금 막 프로에 데뷔한 야구 선수를 생각해 보자. 그의 목표는 3,000개의 안타를 치는 것이다. 프로 야구 역사에 이름을 남기는 선수가 되기 원한다. 그러나 오늘 그가 할 일은 오늘의 경기에 집중하는 것뿐이다. 경기에 나가 하나 혹은 두 개의 안타를 치기 위해 최선을 다하는 것뿐이다. 여유가 있다면 어제 친 안타와 내일 칠 안타를 생각하며 몸 상태를 최상으로 만들어 놓는 것뿐이다.

이덕무는 말한다. 잠깐이 쌓이고 쌓이면 긴 시간이 되는 것이라고. 이 말의 뜻은 명확하다. 잠깐의 시간에 몰두해서 살면 매일매일이 달라진다. 단 하루도 똑같은 날이 없게 된다. 한 경기에 나가면 하나의 안타를 치며, 열 경기에 나가면 열 개의 안타를 치며, 천 경기에 나가면 천 개의 안타를 친다는 것이다. 매일매일 내가 친 안타의 총합은 달라진다. 그래서 자연스럽게 이르는 결론, 늘 새롭다!

'카르페 디엠'이란 라틴어 격언이 있다. '오늘을 잡아라'라는 뜻이다. 영화 〈죽은 시인의 사회〉에서 존 키팅 선생은 지금이 아닌 미래를 위한 공부에 지친 제자들에게 카르페 디엠을 알려 준다. 미래를 위해 현재를 희생하지 말라는 것이다. 오늘 하루를 즐기라는 것이다. 욜로(YOLO, You Only Live Once)족 또한 카르페 디엠을 사랑한다. 이들은 이 격언을 '한 번 사는 인생, 하고 싶은 일이나 마음껏 하며 살자'라는 의미로 사용한다. 그것은 그것대로 의미가 있다. 그러나 나는 이 격언이 꿈을 이루는 데에도 유용하다고 믿는다.

꿈과 현실의 간격은 늘 엄청나기 마련이다. 이루고는 싶은데 갈 길이 너무 멀어 보인다. 대부분의 사람들이 꿈을 꿈으로만 간직하다 나중에는 쓰레기처럼 버리는 이유다. 늘 갖고 다니기가 너무 힘이 드니까. 그럴 때 이덕무를 떠올리자. 카르페 디엠을 떠올리자. 잠깐의 시간만을 생각하자. 잠깐이 모여 하루가 되고, 하루가 모여야 미래가 온다는 것을 생각하자. 물론 이것은 카르페 디엠의 올바른 용도는 아니다. 존 키팅 선생이나 욜로족처럼 카르페 디엠을 사용하는 것이 정석이긴 하다. 그러나 정석을 비틀어 사용하는 건 너의 자유다. 정석대로 살건, 정석을 비틀어 살건 선택은 네가 하는 것이다. 두 삶 모두 존중받아 마땅한 삶이라는 사실만 기억하면 된다.

> 오늘이 있음을 모르는 것에서부터 세상이 잘못되기 시작했다. 어제는 지나갔고, 내일은 오지 않았다. 일이건 공부건 무언가를 제대로 할 만한 날은 오직 오늘뿐이다. • 이용휴, 오늘 하루, 『탄만집』

또 다른 오늘 예찬론자인 이용휴의 글은 너무 명확해서 더 보탤 것도 없다. 오늘이 있다는 사실을 모르는 것에서부터 세상이 잘못되고 있다는 진단은 잘 벼린 칼날처럼 날카롭다. 이용휴는 이 아름다운 오늘 하루를 제발 공치지 말라고 당부한다. 원치 않는 삶인 것처럼 헛되이 허비하지 말라고 당부한다. 내일이 아닌 오늘을 살라고 당부한다. 그래야 진정한 오늘이 되는 것이라고 말한다.

✏️ 내일은 말하지 않도록 하자. 공부하지 않는 날은 오지 않은 날과 똑같다. 공친 날이란 뜻이다. 눈앞에 환하게 빛나는 이 아름다운 날을 공친 날로 만들지 말자. 오늘로 만들자. • 이용휴, 오늘 하루, 『탄만집』

이용휴가 자기보다 못한 이들에게만 당부한 건 아니다. 이용휴는 나라의 지도자인 임금에게도 같은 논지의 글을 썼다. 나는 이용휴의 이 감각을 중요하게 여긴다.   왜냐고? 남보다 많은 것을 가진 사람이 임금이지만 시간   만큼은 다르지 않다. 그에게도 하루는 24시간뿐이다. 초가 더해져 분이 되고, 분이 더해져 시간이 되고, 시간이 더해져 하루가 된다. 임금에게도 예외는 없다!

한 시간의 매 분, 매 초 동안 쉬지 않고 생각하고, 하루 스물네 시간 동안 쉬지 않고 앞으로 걷는다면 어떻게 될까요? 내일은 오늘과 다르고, 오늘은 어제와 달라지겠지요! 조금씩 바꾸는 것을 멈추지 않으면 보통 사람은 현명한 사람이 되고, 현명한 사람은 성인이 됩니다. •이용휴, 임금님께 드리는 충고, 『탄만집』

하루도 길다, 잠깐만 살자

🌸　왕태의 집은 무척 가난했다. 먹고살 길이 막막했던 스물네 살 왕태는 김씨 할멈의 주막 일을 도우며 생계를 해결했다. 그러느라 공부할 시간이 부족했다. 왕태는 술을 나르는 틈틈이 글을 읽었다. 할멈이 싫어하는 티를 냈다. 왕태는 포기하지 않았다. 책을 품 안에 넣은 후 오가며 읽었다. 물을 끓이는 동안엔 장작 불빛에 의지해 읽고 외웠다. 왕태의 노력에 할멈의 마음도 바뀌었다. 할멈은 왕태에게 초 한 자루를 선물했다. 덕분에 왕태는 밤에도 책을 읽을 수 있게 되었다. 쉬지 않고 노력한 결과 왕태의 문장은 눈에 띄게 좋아졌다. • 조희룡, 왕태의 공부법, 『호산외기』

하루를 사는 방법에 대해 조금만 구체적으로 살펴보고 넘어가자. 먼저 소개할 사람은 왕태다. 왕태는 이덕무가 강조했던 '잠깐'을 온몸으로 실천하며 살았다. 잠깐 글을 읽었고 잠깐 글을 외웠다. 짧은 잠깐이 모여 열매를 이루었다. 가난해서 책 읽을 시간조차 마련하기 어려웠던 왕태는 시인의 꿈을 이루었다. 시로 이름을 얻은 왕태는 정조 임금도 만났다. 정조 임금 앞에서 시를 외우고 칭찬을 들었다. 정조는 그를 장용영 군사로 채용한 뒤 수시로 불러 시를 짓게 했다고 한다. 정조 앞에서 시를 외우는 왕태, 상상만으로도 흐뭇하다!

박돌몽은 김씨 집의 노비였다. 어려서부터 글공부에 뜻을 두었지만 미천한 신분이 발목을 잡았다. 김씨 집의 아이는 늘 마루에 앉아 책을 읽었다. 돌몽은 그때마다 섬돌 위에 서서 곁눈질을 했다. 아이가 읽는 소리를 유심히 듣곤 그대로 외웠다. 물론 뜻은 전혀 몰랐다. 돌몽은 아이에게 큰 도움을 주기도 했다. 아이는 한자의 음이 생각나지 않을 때면 돌몽에게 물어보아 답을 얻었다. • 유재건, 박돌몽의 공부법, 『이향견문록』

박돌몽 또한 '잠깐'을 실천하는 사람이었다. 박돌몽의 처지는 왕태보다도 더 어려웠다. 혼자서 공부를 시작하기엔 기초 지식이 너무 부족했다. 박돌몽은 용기를 내서 이웃의 선생을 찾아갔다. 선생이 허락

하자 박돌몽의 잠깐 공부가 본격적으로 시작되었다. 박돌몽은 새벽에 일찍 일어나서 선생을 찾아갔다. 공부를 마친 후엔 곧바로 김씨 집으로 돌아와 일을 했다. 장작을 패고 횃불을 만드는 게 박돌몽이 맡은 일이었다. 박돌몽은 도끼질을 하면서도 웅얼거렸고, 장작을 묶으면서도 웅얼거렸다. 하도 웅얼거려서 집안사람들은 그를 바보 취급했다.

박돌몽이 학질에 걸렸을 때의 이야기를 들려주고 싶다. 주인은 병을 고치고 오라고 휴가를 주었다. 박돌몽은 이 병가를 공부할 수 있는 절호의 기회로 여겼다. 몸이 덜덜 떨리고 식은땀이 났지만 그는 공부를 멈추지 않았다. 쉬지 않고 웅얼거렸다. 무서운 학질도 그에게는 질렸는지 떨어지고 말았다. 그의 이야기에서 가장 빛나는 부분은 시냇가에서 주인집 빨래를 할 때의 일이다. 그는 빨래는 아내에게 맡긴 채 붓을 들었다. 바위란 바위에는 죄다 글을 썼다. 그러고는 그 글을 소리 내어 읽었다. 마음이 저절로 즐거워졌다.

박돌몽의 이야기에는 왕태와 같은 극적인 반전은 없다. 나중에 그는 간수가 되었다가 마흔에 죽었다. 그게 전부다. 그랬더라도 그의 삶이 아주 불행하지는 않았겠지. 바위 가득 자신이 써놓은 글을 소리 내어 읽던 장면을 그는 죽기 전까지 결코 잊지 못했겠지. 그 덕분에 그는 늘 웃음을 머금고 살았을 테고!

이단전은 한 말쯤 들어갈 만한 주머니를 늘 차고 다녔다. 남이 지은 좋은 구절을 들으면 그걸 적어서는 주머니에 던져 넣었다. • 조희룡, 이단전의 주머니, 『호산외기』

이단전 또한 노비였다. 그런데 이단전은 독특한 인간이었다. 자신이 노비라는 사실을 전혀 부끄럽게 여기지 않았다. 부끄러워하기는커녕 아예 자랑하고 다녔지. 단전이라는 이름부터가 그래. 단전(亶佃)은 진짜 노비라는 뜻이지. 이단전의 호는 필한이었다. 필한(疋漢)의 필은 하인(下人)을 합친 글자다. 그러니까 필한 또한 진짜 노비라는 뜻이지.

진짜 노비 이단전은 시인을 꿈꾸었다. 그래서 시인이 되었다. 꿈을 이룬 것이다. 이단전이 시인이 될 수 있었던 데에는 주인인 유언호의 배려가 큰 역할을 했다. 박지원의 좋은 친구이기도 했던 유언호는 이단전의 재능을 알아보았다. 대인배였던 유언호는 이단전을 구속하지 않았다. 이단전이 시인이 될 수 있도록 물심양면의 지원을 아끼지 않았다.

하지만 이단전이 시인으로 성공할 수 있었던 건 이단전 자신의 노력 덕분이라고 말하고 싶다. 이단전이 차고 다녔다는 주머니가 그 증거다. 모르긴 몰라도 이단전의 주머니는 늘 가득 차 있었을 것만 같다. 남이 지은 좋은 구절도 써서 넣었지만 자신의 머릿속에서 떠오르는 글들도 늘 써서 넣었을 것만 같다. 이단전의 주머니가 우리에게 주는 교훈은 명확하다. 시인은 종이 한 장에서 탄생한다. 잠깐을 활용해 시를 적은 종이 한 장이 훌륭한 시인을 만든다.

귀국한 후 그동안 기록했던 쪽지들을 점검해 보았다. 종이는 나비 날개처럼 얇고 작았고, 글자는 파리 대가리처럼 까맣고 작았다. 얼마 되지

않는 시간에 비석을 읽고 베낀 것이라 엉성하기만 하다. 이리저리 매만져서 글꼴을 만든 후 '앙엽소기'라는 이름을 붙였다. 앙엽이란 무엇인가? 문득 좋은 생각 하나를 얻은 옛사람이 감나무 잎에 글을 써서 항아리에 넣어 두었다가 나중에야 제대로 된 글로 정리했다는 이야기에서 나온 이름이다.

• 박지원, 앙엽기 서문, 『열하일기』

박지원은 어떤 방식으로 『열하일기』를 썼을까? 그 비밀이 '앙엽기 서문'에 드러난다. 「앙엽기」는 베이징의 불교 사찰이나 도교 사원, 혹은 여러 사당 등을 구경하고 온 기록이다. 일반인들은 구경할 수 없는 곳들도 많았지만 박지원은 조선 사신이라는 특권적 지위를 최대한 이용해 입장 허가를 얻어 냈다. 박지원은 무척 바빴다. 구경할 곳은 많은데 시간은 한정되어 있었다. 호기심 박사답게 건물이 세워진 이유와 연혁 같은 것이 몹시 궁금했지만 여유롭게 비석을 해독하며 관람할 형편은 아니었다. 박지원은 닥치는 대로 비석의 글을 베끼는 방법

을 택했다. 한 장의 쪽지를 위해 관람의 즐거움을 희생한 것이다. 그러다 보니 눈은 건물을 보고 있지만 마음은 다른 곳에 가 있었다. 박지원의 표현대로 '문틈으로 달리는 말을 보는 격'이었다. 그러다 보니 눈, 귀, 코, 혀, 피부는 지쳤고 하도 부린 까닭에 '문방사우'조차 초췌해졌다. 어렵사리 적은 쪽지도 나중에 살펴보니 뭘 보고 적은 건지 잘 알 수도 없었다. 귀국한 박지원은 이 쪽지들을 정리해 글의 형태로 완성하느라 오랜 시간을 투자해야 했다. 비록 고생은 했지만 쪽지가 없었더라면 정리는 불가능했을 것이다. 그러므로 『열하일기』는 쪽지 한 장에서 나온 글이라고 해도 과언은 아닐 것이다.

앙엽(盎葉)이란 단어가 참 재미있다. 앙엽은 항아리 안에 든 이파리란 뜻이다. 좋은 생각이 날 때마다 감잎에 글을 써 항아리 안에 보관하던 옛사람의 이야기에서 유래했다고 한다. 농사를 짓느라 그때그때 글을 쓸 수 없었던 이 사람은 밭 한가운데 항아리에 감잎과 붓과 벼루를 둔 후 머릿속 생각을 기록했다는 것이다. 이야기의 주인공이 누구인지는 밝혀져 있지 않다. 아쉽다. 이 옛사람이야말로 '잠깐'의 선구자로 추앙받아 마땅한 사람인데.

『열하일기』 전체가 아니라 「앙엽기」만 이런 방식으로 완성된 게 아니냐고 너다운 방식으로 딴지를 걸 수도 있겠다. 그렇다면 「일신수필」을 보아야 한다. 『열하일기』의 또 다른 장인 「일신수필(馹迅隨筆)」은 말을 타고 가면서 빠르게 쓴 수필이란 뜻이다. 물론 실제로 말 위에서 쓰지는 않았겠지. 잠깐 쉬는 시간에 말이 달리듯 글을 빠르게 썼다는 뜻이겠지. 중요한 건 역시 '잠깐'이다. 「일신수필」엔 이 잠깐과 관련해 박지원이 생각한 내용이 나온다. 지금까지 이야기한 내용의 총 정리라 부를 수도 있겠다. 이름 붙이자면 잠깐의 역사학!

🖌 빠르게 글을 써 나가다 보니 이런 생각이 든다. 먹물을 한 번 찍는 시간은 눈 한 번 깜빡, 숨 한 번 쉬는 시간에 지나지 않는다. 그런데 이 잠깐의 시간이 작은 옛날과 작은 오늘을 이루는 것이다. 그러므로 큰 옛날과 큰 오늘이라는 것은 크게 눈 한 번 깜빡이고 크게 숨 한 번 쉬는 시간이라 말할 수 있는 것이다. • 박지원, 일신수필 서문, 『열하일기』

문제아가 되자, 환자가 되자

🍃 석개는 광주리를 들판에 놓아두고는 작은 돌멩이를 주워 모았다. 노래 한 곡을 부른 후에 돌멩이 하나를 집어 광주리에 넣었다. 한참 후 광주리가 가득 채워졌다. 그러자 이번에는 노래 한 곡을 부른 후에 광주리에 있던 돌멩이 하나를 집어 들판에 던졌다. 한참 후 광주리가 깨끗하게 비었다. 석개는 광주리를 가득 채웠다가 비우기를 두세 번 반복했다. 그러다 보면 날이 저물었다. 석개는 빈 광주리를 들고 터덜터덜 걸어 주인집으로 돌아왔다. 버릇을 가르치기 위해 매를 들어 때렸지만 바뀌는 건 없었다. 석개는 다음 날도, 그다음 날도 같은 행동을 반복했다. • 유몽인, 돌멩이로 노래를 부른 석개, 『어유야담』

석개는 여성군 송인의 여종이었다. 유몽인은 석개의 용모를 이렇게 묘사한다.

'얼굴은 늙은 원숭이를 닮았고, 눈은 종대추나무로 만든 화살 같았다.'

사전을 찾아보니 종대추나무는 대추나무의 일종으로 열매에서 신맛이 난다고 되어 있다. 종대추나무를 모르더라도 석개의 용모를 상상하기는 어렵지 않다. 그래, 못생겼다는 뜻이지. 송인은 어떤 사람이었을까? 그의 부인은 중종의 딸 정순 옹주였고, 엄청난 부자에다 풍류를 아는 남자(바람둥이라는 뜻이다!)였다고 한다. 이런 송인에게 석개가 눈에 들어올 리 없었다. 그래서 석개는 물 긷는 일을 하게 되었다.

그런데 석개는 이 간단한 일조차 제대로 해내지 못했다. 아침 일찍 나갔다 저녁 늦게 빈 통만 들고 돌아왔다. 그냥 돌아오는 것도 아니고 도대체 뭘 했다고 피곤해하는 건지 터덜터덜 걸어서 돌아왔다. 혼쭐을 내도 소용이 없자 물 긷는 일 대신 나물 캐 오는 일을 시켰다. 결과는 똑같았다. 아침 일찍 나갔다 저녁 늦게 빈 광주리만 들고 왔다.

석개의 행동을 보고받은 송인은 도대체 무슨 일이 일어나고 있는 건지 궁금하게 여겼다. 그래서 사람을 시켜 석개의 행동을 관찰했다. 나물 캐러 나간 석개는 나물 대신 돌멩이만 모았다. 그러고는 노래를 불렀다. 엉망진창인 노래였다. 음정도 박자도 전혀 맞지 않았다. 노래를 부르는 방식만은 독창적이었다. 노래 한 곡 부를 때마다 광주리에 돌을 하나씩 집어넣었던 것. 광주리에 돌이 다 차면 이번에는 돌을 하나씩 뺐다. 그러기를 반복하다 해가 지면 집으로 돌아왔다. 피곤한 듯 터덜터덜 걸어서 돌아왔다.

석개의 행동을 보고받은 송인은 어떻게 했을까? 석개에게 선생을 붙여 노래를 배우게 했다. 재주는 부족해도 그 정도의 집착이라면 뭔가는 이루리라 믿었기 때문이다. 풍류를 아는 송인의 안목은 옳았다. 몇 년 후 석개는 명창이 되었다. 권세 있는 사람들의 사랑을 한 몸에 받아 큰 부자가 되었다.

🌸 화가 이징의 어린 시절 이야기다. 다락에 올라가 그림 연습을 했는데 그동안 집에서는 난리가 났다. 이징이 사라졌다고 생각했기 때문이다. 온 동네를 다 뒤지다 사흘 만에 이징을 찾은 아버지는 회초리부터 휘둘렀다. 이징은 눈물을 뚝뚝 흘렸다. 그러면서도 그 눈물로 새를 그렸다. • 박지원, 눈물로 그림을 그린 이징, 『연암집』

이징의 아버지가 얼마나 놀랐을지 상상이 간다. 귀한 아들을 잃어버렸다고 생각했겠지. 하루, 이틀도 아닌 사흘이 지났으니 어쩌면 아들이 죽었을지도 모른다고 걱정했겠지. 다 자기 잘못인 것 같아 가슴과 머리만 쥐어뜯고 있었겠지. 그런데 아들은 다른 곳도 아닌 다락에 있었다. 난리가 난 집안 분위기는 전혀 모르는 것처럼 다락에서 조용히 그림만 그리고 있었다. 울컥 하는 마음이 들지 않았다면 부모가 아닐 것이다. 그래서 아버지는 회초리를 휘둘렀다. 부모 마음은 조금도 생각하지 않는 못된 소년 이징에게 회초리 세례를 베풀었다. 난데없는 매질에 이징이 눈물을 뚝뚝 흘린 건 당연한 일. 놀라운 일이 일어난 건 그다음이다.

이징은 자신의 눈에서 떨어지는 눈물을 그냥 넘기지 않았다. 그림에 몰두한 이징에게 눈물은 새로운 종류의 물감이었다. 우는 와중에도 '눈물로 그리면 어떤 그림이 될까' 하는 생각이 들었다. 그래서 이징은 바닥에 떨어진 자신의 눈물을 손가락에 찍어 새를 그렸다. 그 광경을 지켜본 아버지는 무슨 생각을 했을까?

이징의 아버지 이경윤 또한 화가였다. 화가는 화가를 알아보는 법. '이 아이는 타고난 화가로구나. 그림 그리는 것 말고 다른 일은 못하겠구나' 하고 여겼겠지. 이경윤의 판단은 그릇되지 않았다. 이징은 자라서 화원이 되었으며 인조의 총애를 한 몸에 받았다. 그림을 좋아한 인조가 이징과 많은 시간을 보내자 대신들이 경고를 하는 장면까지 『승정원일기』에 나와 있을 정도다. 나랏일을 등한시하는 인조를 비판하려는 의도로 기록된 장면이지만 우리는 이징의 그림 솜씨가 뛰어났음에 대한 증거로만 받아들이면 될 것 같다. 까다로운 허균조차도 이징을 우리나라 최고의 화가라고 평가했다는 말도 덧붙이는 게 좋을 것 같다. 물론 그림의 성취를 평가하는 건 우리 몫이 아니다. 이징의 그림이 실은 이경윤보다는 못했다고 평가한 이들도 많이 있다. 그러나 우리는 눈물조차 그냥 넘기지 않을 정도로 그림에 미쳐 있었던 어린 시절의 이징만 볼 뿐이다.

▬▬▬ 학산수는 노래 잘 부르기로 유명했다. 주로 산에서 연습을 했다. 한 곡을 마칠 때마다 모래알을 하나씩 신발에 넣었다. 신발에 모래가 가득 차면 그제야 집으로 돌아왔다. 언젠가는 길을 가다 도둑들을 만났다. 도둑들이 그를 죽이려 하자 바람을 향해 노래를 불렀다. 도둑들이 감격해서 눈물을 뚝뚝 흘렸다. • 박지원, 모래알로 노래 부른 학산수, 『연암집』

임금의 친족인 학산수의 이야기는 석개와 비슷하면서도 다르다. 모래알을 신발에 담아 가며 노래한 부분은 비슷하나 도둑들을 만나 목숨을 위협받은 사정은 다르다. 학산수의 진면목이 발휘된 건 결국 도둑들 때문이라고 말할 수 있겠다. 도둑들을 만나지 않았다면 우린 학산수라는 사람을 제대로 알 수 없었을 테니까. 도둑들이 그의 물건을 빼앗고 목숨까지 위협하는 순간 학산수의 머리에 떠오른 건 노래였다. 그래서 학산수는 유언 삼아 마지막 노래를 불렀다. 온 힘을 다해 노래를 불렀다. 그 노래가 도둑들의 마음을 사로잡았다. 일찍이 들어 본 적 없는 노래였다. 도둑들은 눈물을 흘렸고 자신들에게 감동을 선물해 준 학산수를 살려 주었다.

　나는 그다음이 궁금하다. 아마도 학산수의 노래는 그가 불렀던 최고의 노래였을 것이다. 학산수는 자신이 살아남았다는 사실보다 평소보다 몇 배는 더 아름다운 노래가 갑자기 나왔다는 사실에 더 감격했을 것이다. 그래서 학산수는 어떻게 했을까? 그렇다. 신발과 모래알이다. 학산수는 죽음의 순간에 나온 노래를 다시 부르기 위해 모래알을 신발에 담는 행동을 하고 또 하고 또 하고 또 했겠지. 그러느라 학산수의 신발은 늘 버석거렸겠지.

　　김석손을 정의하긴 쉽다. 그는 매화에 미친 사람이었다. 집 마당엔 매화 수십 그루가 있어, 그 사이를 걸으며 휘파람을 불고 시를 읊었다. 유명한 시인들을 만나면 늘 매화 시를 써 달라고 부탁했다. 그의 부탁에 응한 시인만 수천 명이었다고 한다. 그럼에도 시를 잘 쓴다고 새로 이름을 얻은 이가 나타나면 김석손은 바빠졌다. 그 사람이 누구건 간에 무조건 달

려가 문을 두드렸는데, 그 모습엔 항상 서두르는 기색이 있었다. •조희룡,
항상 바빴던 사람 김석손, 『호산외기』

김석손의 이야기에서 가장 눈에 띄는 건 그가 항상 서둘렀다는 대
목이지. 언뜻 보기엔 이해가 잘 안 되는 행동이다. 매화 시를 잘 쓰는
시인이 금방 사라지는 것도 아닌데 그는 왜 그렇게 항상 서둘렀을까?
사실 이런 종류의 질문은 석개와 이징과 학산수에게도 던졌어야 옳다.

석개는 왜 물도 긷지 않고 노래를 불렀을까? 이징은 왜 다락방에서
사흘 동안 밖으로 나오지도 않았을까? 학산수는 왜 죽음을 앞둔 순간
에 노래를 불렀을까?

대답은 하나뿐이겠지. 그들 모두는 시간을 부족하게 여겼다! 남들
이 뭐라고 하지 않는데도 스스로 마음이 급해 어쩔 줄을 몰랐다! 그
래서 석개는 물도 긷지 못했고, 이징은 사흘이 지난 줄도 몰랐고, 학
산수는 죽음의 위기에서도 노래를 불렀던 것이다. 그들이 중요하게
여긴 건 바로 잠깐, 또 잠깐이었다.

벽(癖)이 없는 사람은 버림받은 것이다. 벽이란 한자에는 병(疾)과 치우침(僻)의 뜻이 들어 있으니 결국 한쪽으로 치우쳐서 생긴 병이라는 뜻이 된다. 그러나 홀로 새로운 세계로 나아가는 것, 전문가에 못지않은 실력을 키우는 것은 벽을 가진 사람만이 할 수 있는 일이다. • 박제가, 어떤 사람들이 세상을 바꾸는가?, 『정유각집』

박제가의 글이 아까의 질문들에 대한 정확한 답이다. 그렇다. 그들은 모두 한쪽으로 치우친 사람들이었다. 한쪽으로 너무 치우친 까닭에 다른 일에 대해서는 전혀 관심이 없는 사람들이었다. 심하게 말하면 다들 문제아였다. 환자였다. 박제가는 그들을 '벽'을 지닌 사람들이라고 평가한다. 그러고는 그만의 독창적인 결론을 제시한다.

'새로운 세계는 문제아와 환자 취급을 받는 그들이 만들어 나가는 것이다.'

이보다 더한 칭찬은 찾기 힘들 것이라고 나는 믿는다.

요행 따위 바라지도 말자

✏️ 내 글씨에 대해 말하긴 아직 좀 부족하지. 그렇긴 해도 나는 칠십 년
동안 벼루 열 개를 구멍 내고 붓 일천 자루를 몽당붓으로 만들기는 했지.

• 김정희, 자랑, 『완당전집』

　김정희가 오랜 친구인 권돈인에게 보낸 편지다. 복잡하게 생각할
건 하나도 없지. 허물없는 친구에게 농담처럼 내뱉은 자기 자랑이니
까. 자랑은 참 구체적이다. 단단한 벼루 열 개에 구멍을 냈고 붓 일천
자루를 못 쓰게 만들었다는 것이다. 실제로 그랬는지 여부는 중요하
지 않다. 구멍 난 벼루는 실은 아홉 개일 수도 있고 몽당붓은 구백 자
루일 수도 있다. 어쩌면 그것보다 훨씬 적은 숫자일 수도 있고. 숫자
는 중요하지 않다. 그저 그 정도로 열심히 했다는 것이다.

　그러나 나는 열띤 자기 자랑보다는 자신의 글씨에 대해 말하긴 아

직 좀 부족하다는 그 문장에 더 눈이 간다.(물론 뒤에 따라오는 자랑을 합리화하기 위한 전략적 겸손일 수도 있다는 너의 지적에도 수긍하지만) 평생 글씨만 써 왔는데 아직도 부족하다는 것이다! 고개가 숙여진다. 얄팍한 재주일망정 자기 것이라면 높이 평가하고 보는 게 보통 사람의 심리다. 김정희는 정반대다. 어쩌면 이것이 보통 사람과 천재의 차이인지도 모르겠지만.

🍃 구천구백구십구 분까지 이르러도 나머지 일 분은 성취하기가 참 어려운 법이다. 웬만한 사람의 힘으로는 가능하지가 않다. 그렇다고 사람의 힘 아닌 데에서 나오는 것 또한 아니다. • 김정희, 나머지 일 분, 『완당전집』

김정희의 글을 조금 더 읽어 보자. 고종의 아버지 이하응(흔히 대원군이라 불리는 사람)의 난초 모음집에 쓴 글이다. 천재는 99퍼센트의 노력과 1퍼센트의 영감으로 이루어진다는 격언을 떠올리게 하는 글이다. 음미할 만한 것은 마지막 문장이다. 사람의 힘으로 가능한 것이 아니기는 하나 그렇다고 사람의 힘 아닌 데에서 나오는 것도 아니라는 것, 이게 도대체 무슨 말일까? 그러기 위해선 사람의 힘 아닌 것이 뭔지부터 짚고 넘어가야겠다.

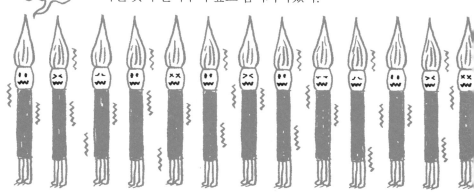

다음은 내 차례네…

천운(天運)이라는 말이 제일 먼저 떠오른다. 사전을 보니 천운엔 세 가지의 뜻이 있다. 첫째는 하늘이 정한 운명, 둘째는 매우 다행스러운 운수, 셋째는 천체의 운행이다. 셋째일 리는 없으니 첫째와 둘째가 대략 김정희의 글과 뜻이 통할 것 같다. 천운이란 단어는 너무 거창하게 들려서 부담스럽다고? 그러면 흔히 말하듯 운이라고만 해도 되겠다. 운. 우리는 예고도 없이 찾아오는 게 운이라고 믿는다. 아무것도 하지 않았는데 이것저것 잘 맞아떨어져서 원하는 바를 이뤘을 때 운이 좋다고 말한다. 김정희의 생각은 다르다. 운 또한 노력의 일부분이라는 뜻이다. 노력하지 않는 자에겐 결코 운이 찾아오지 않는다는 뜻이다. 바꿔 말하면 요행 같은 건 이 세상에 절대로 없다는 뜻이기도 하고. 김정희, 과연 무섭긴 무섭지.

맨손으로 용을 잡으려는 건 참 곤란한 일이다. 하품하던 사자는 코끼리를 잡아야 하는 때면 온 힘을 다한다. 토끼를 잡아야 하는 때도 마찬가지로 온 힘을 다한다. • 김정희, 사자의 사냥법, 『완당전집』

너무 명확해서 더 보탤 것도 없다. 용을 잡으려면 제대로 된 무기부터 갖춰야 한다는 말이다. 준비도 안 된 상태에서 용에게 다가가다가는 볼썽사나운 일만 벌어진다는 말이다. 사자가 못 되는 나는, 가진 것이라고는 이룰 수 없는 꿈과 맨손뿐인 나는 그저 읽고 반성할 뿐이다. 물론 너의 답답하고 한심한 처지도 나와 크게 다르지 않으리라 믿는다!

그동안 비가 내리지 않았던 까닭을 말해 줄까? 오늘을 위해 쌓아 두었기 때문이지. 오래 쌓아 두어야 지금처럼 모자람 없이 한꺼번에 쏟아 내릴 수 있거든. 글을 쓰는 것도 같은 이치지. 옛날의 작가들은 길게는 수십 년, 짧게는 십여 년 동안 공부를 하고 생각을 했지. 그것들이 솟아 넘쳐 나고 눌러도 눌러지지 않게 된 후에야 비로소 글을 썼지. 그 글들이 솟아 넘쳐 나고 마르지 않는 까닭이지. • 서유구, 퍼붓는 비를 보며, 『풍석전집』

서유구가 사촌 동생 서유경에게 보낸 편지다. 김정희의 글이 직설적이었다면 서유구의 글은 은유적이다. 김정희의 글은 이해하기가 쉽다. 그러나 좀 무섭다. 우리와 같은 보통 사람, 실행하기보다는 머뭇거리기를 더 좋아하는 이들이 쉽게 따라 할 수 있는 일이 아니라는 생각이 든다. 서유구의 글은 이해하기가 어렵다. 그동안 비가 내리지 않은 까닭이 오늘을 위해 쌓아 두었기 때문이라니, 도대체 뭔 소리인가 싶다. 하지만 이야기가 공부에 관한 부분으로 넘어가면 모호했던 부분들이 비로소 완벽해진다. 그러면서 무릎을 치고 감탄하게 된다.

글은 하루아침에 탄생하지 않는다. 생각이 쌓이고 쌓여 더 이상 마음속에 담아 둘 수 없을 때 비로소 글이 되어 세상에 나타나는 것이다. 이렇게 탄생한 글은 마르지 않는 샘과 같다. 그러니 자연스럽게 많은 독자들의 사랑을 받게 된다. 서유구가 이렇게 말할 수 있었던 건 그 자신이 그러한 방법으로 글을 썼기 때문이다. 서유구의 대표작은 『임원경제지』다. 한 권이 아니라 무려 113권이다. 이 113권에는 19세기 조선의 모든 정보가 담겨 있다고 해도 과언이 아니다. 서유구는 30년의 세월을 바쳐 『임원경제지』를 썼다. 그 내용이 방대하고 심오해서 아직도 연구가 덜 되었다. 『임원경제지』는 말 그대로 마르지 않는 샘인 것이다.

편지의 말미에서 서유구는 서유경의 글을 읽은 느낌을 짧고 굵게 전달한다.

'자네의 글에 드디어 비가 내렸군. 십 년의 노력이 하루에 쏟아졌으니 이제부터는 마르지 않을 것이네.'

이 편지를 읽은 서유경의 마음이 얼마나 뿌듯했을까? 나는 어땠느냐고? 물어봐 줘서 고맙다. 쌓이지도 않는 생각으로 마구 글을 쓰는 나는 서유구의 글을 읽고 한참을 반성했다.

김정희의 직설이건 서유구의 은유이건 말하고자 하는 바는 같다. 끝없는 노력. 진부하다고? 원래 천재들의 말은 진부하다. 그들의 진짜 말은 그들이 만들어 낸 결과물에 담겨 있는 법이니까.

4

누구에게나
좌절은 있다

울고 화내고 멍때려라

분발하자. 분발심 없이 용기가 생겨나지는 않는다. 실패를 인정하자. 실패한 사람만이 성공의 의지를 불태울 수 있다. 이제 너는 한 번의 실패를 겪었다. 이 실패로 너는 전보다 더 분발하게 되겠지. 실패를 기회로 삼아 용기를 낸다면 기대한 바는 반드시 이뤄지리라 믿는다. • 김창협, 실패가 의미하는 것, 『농암집』

오늘을 잡는 것도 좋다. 한 가지에 미치는 것도 좋다. 노력하고 또 노력하는 것도 좋다. 그럼에도 이렇게 말할 수밖에 없다. 꿈을 이루는 건 여전히 쉽지 않은 일이라고. 허무하겠지. 야속하겠지. 열심히 달려온 만큼 좌절도 크겠지. 하지만 그게 현실이기도 하다!

그 이야기는 잠깐 미루기로 하자. 지금은 지치고 힘든 마음에 대해서 말할 시간이다. 꿈이 위기에 처했을 때 제일 먼저 필요한 건 내가 가는 길이 잘못되지 않았다는 믿음이다. 멈추지 않고 조금만 더 가면 목적지에 도달할 수 있다는 진실한 위로다. 이해하기 쉬운 김창협의 글부터 살펴보기로 한다. 과거 시험에 떨어진 사촌 동생에게 보내는 편지다. 첫 부분엔 이런 내용이 있지.

'나는 너에게 위로와 축하를 함께 전한다.'

놀리는 거냐고? 그렇지 않다. 나는 이 말에 공감한다. 노력 후에 얻은 실패는 사실 축하받아 마땅한 일이기도 하지. 실패했다는 것은 이제 막 시작을 했다는 뜻이기도 하니까. 뒤는 이미 봉쇄되었으니 무조건 앞으로 나아갈 일만 남았다는 뜻이니까. 실패는 분발심과 용기를 불러온다. 분발하고 힘을 내면 실패는 성공으로 바뀌게 되어 있으니까. 김창협은 다음과 같은 내용을 덧붙임으로써 자칫 평범할 수 있는 편지에 깊이를 더하는 마법을 부린다.

사람들은 과거에 떨어지면 시험관 탓을 한다. 사리 분별을 제대로 못하기 때문이다. 나는 지금 너의 실력이 요행으로 붙은 이들보다는 낫다고 믿는다. 하지만 비교 대상이 잘못되었다. 백 걸음 떨어진 곳에서 버들잎을 백 번 쏘아 백 번 다 맞힐 정도로 열심히 공부한 사람들에 비하면 너는 아무것도 아니다. • 김창협, 실패가 의미하는 것, 『농암집』

무서운 말이다. 남을 탓하기 이전에 너를 살펴보라는 것이다. 남에게 부끄럽지 않을 진짜 실력을 정말 네가 갖고 있는지 그것부터 깊게 고민해 보라는 것이다. 박지원과 더불어 조선 최고의 문장가로 평가받는 김창협의 글답다.

사람들은 개가 똥을 먹는 것을 보고 더럽다고 한다. 하지만 개가 똥을 먹는 게 의리에 무슨 해가 되겠는가? 나는 의롭지 않은 진수성찬을 먹은 적이 있다. 개가 똥을 먹는 일보다 훨씬 못한 행동이었다. • 이가환, 개똥보다 더 더러운 밥, 『금대시문초』

정조의 사랑을 한 몸에 받던 이가환은 하루아침에 유배객 신세가 된다. 노론과 남인 간의 오래된 다툼 때문이었다. 그 복잡한 사정은 여기에서 말하지 않겠다. 강원도 김화로 유배된 이가환은 마음을 달래기 위해 『맹자』를 읽었다.(역시 선비들은 보통 사람들과는 참 다르다!) 「등문공 상」을 읽다가 책을 놓고 한숨을 쉬었다. 난의포식(暖衣飽食, 옷을 따뜻하게 입고 음식을 배부르게 먹는다)으로 알려진 구절 때문이었다.

'음식을 배부르게 먹고 옷을 따뜻하게 입으며 편히 지내면서도 가르침을 받지 않는다면 그 사람은 짐승에 더 가깝다.'

유배를 오기는 했어도 억울한 마음은 조금도 사라지지 않았던 이가환이었다. 그런데 이 구절이 이가환을 부끄럽게 만들었다. 자신은 짐승에 더 가까운 사람이 아니라 짐승보다도 못한 사람이라는 깨달음을 얻었기 때문이다.

도대체 왜 이런 과격한 결론에 이르게 되었을까? 그는 유배 오기 이전의 생활을 떠올린다. 다른 사람이 베풀었던 진수성찬을 즐겼던 시절을 떠올린다. 그 사람이 왜 이가환에게 좋은 음식을 베풀었겠는가?

목적하는 바가 있기 때문이었다. (그래서 세상에 공짜는 없다는 것이다.) 그걸 아는 이가환이었지만 그럼에도 진수성찬을 거부하지는 않았던 것이다. 진수성찬과 부탁은 별개의 문제라고 생각하고서 말이다. 물론 이가환이 유배를 받은 건 진수성찬을 대접받은 일과는 무관했다. 여러 가지 사건이 얽히고 얽혀 그를 유배객으로 만든 것이었다. 그럼에도 그는 자신부터 돌아본다. 자신의 잘못부터 반성한다. 그러다가 '나는 개만도 못한 사람이었다'는 발언을 하기에 이른다.

　너무 지나치다고? 나는 그렇게 생각하지 않는다. 좌절의 시기는 누구에게나 한 번쯤은 찾아오기 마련이다. 그 시기를 어떻게 보내느냐가 미래를 결정한다. 남을 탓하지 않고 자신을 돌아보는 그 선택이 전보다 더 구체화된 꿈을 꾸게 만든다. 유배를 마치고 다시 관리가 된 이가환은 분명 전과는 다른 사람이 되었겠지. 자신이 개보다 못한 인간이라는 사실을 진정으로 깨달은 몇 안 되는 사람이었으니까.

🍃　너희들은 시를 지으면서 설익었을까 봐 걱정한다. 나는 푹 익어서 고칠 수 없는 것을 걱정한다. 날것은 익힐 수도 있고 그렇지 않을 수도 있

다. 익힌 것은 다시는 날것이 될 수는 없는 법이다. 너희들이 걱정하는 것이 실은 내가 기대하는 바가 되는 까닭이다. •이학규, 설익은 건 괜찮다!, 『낙하생집』

　이번엔 24년 동안 유배 생활을 했던 이학규의 진한 위로다. 누군가 이학규에게 시를 보냈던 모양이다.(아들인 것 같으나 확실하지는 않다.) 그런데 자신이 보낸 시가 너무 어설퍼 보일까 봐 걱정이 된다는 말도 함께 보냈던 모양이다. 이학규는 어떻게 답했을까? 이학규는 어설픔을 새롭게 해석했다. 어설픔은 설익은 게 아니라 아직 안 익은 것이라고. 적당한 햇빛과 바람과 비만 있으면 제대로 익을 수 있는 것이라고. 그러니 초조해하지도 말고 부끄러워하지도 말라고. 이학규는 오히려 푹 익은 것을 더 염려한다.

　푹 익었다는 건 무슨 뜻인가? 더 나아질 수 있는 가능성이 아예 없다는 뜻이다. 새로운 무언가가 될 수 없다는 뜻이다. 24년 동안 유배 생활을 한 사람이 어떻게 이렇게 따뜻한 마음을 간직하고 있는지 모르겠다. 세상을 욕하고 또 욕해도 모자랄 판에 아직 덜 익은 너에게 '다

가을 미래는 아름답고 또 아름다우리라' 하고 위로를 보내고 있는 것이다. 이런 마음을 우리는 성숙한 인격이라고 부른다.

🌸 가을밤에 바라보는 달에 대해 옛사람은 훌륭한 구절을 많이 남겼다. 그렇다고 해서 내가 지금 정자에서 바라보는 산과 강과 나무가 다 옛사람이 만났던 것들이라는 의미는 아니다. 내가 보는 건 새로운 경치인 것이다. 이백과 함께 산수 구경을 하면 어떤 작품이 될까? 백낙천과 노닌다면, 소동파와 함께한다면 또 어떤 작품이 될까? 내가 품은 생각과 경치를 보고 느낀 흥은 누구를 만나느냐에 따라 다 다를 것이니 서로 침범할 수 없다. … 사람의 얼굴이 다 다르듯 한 편의 글에도 꼭 맞는 문구가 있기 마련이다. ●홍길주, 똑같은 경치는 없다. 『수여방필』

내가 시도하려는 건 세상 사람들이 이미 다 해 버린 느낌이 들 때가 있다. 다른 사람들의 성취를 살피고 점검하다 보면 새로운 무언가를 시도하는 게 불가능한 기분이 들 때가 있다. 세계적인 베스트셀러 『성경』에도 해 아래 새것이 없다고 적혀 있을 정도다. 그럴 때는 반드시 홍길주의 글을 읽어야 한다. 홍길주 또한 옛사람들이 이뤄 놓은 것이 이미 많다는 사실에는 동의한다. 그러나 그렇다고 해서 새로운 것을 창조할 수 없다고 여기는 비관적 생각에는 동의하지 않는다. 그 이유를 홍길주는 우리 눈높이에 맞춰 설명해 준다.

'지금 네가 보고 있는 산과 강과 나무를 본 옛사람은 없다!'

그렇지. 내가 지금 보고 있는 경치는 이 세상 그 누구도 본 적이 없는 것이지. 훌륭한 업적을 남긴 옛사람들도 마찬가지지. 왜? 경치를 보는 눈은 남의 눈이 아닌 바로 나의 것이므로.

이렇게 생각하고 나면 내가 할 일은 명확해진다. 내 눈으로 본 것을 정확하게 옮기기만 하면 된다. 어렵다고? 그럴 때 옛사람을 참조하는 것이다. 그들이 사용한 방법과 기술을 배우고 익히는 것이다. 이렇게 되면 옛사람은 나의 방해꾼이 아니라 오히려 조력자가 된다. 스티브 잡스와 피카소와 헤밍웨이를 부러워할 이유는 없다. 그들은 너무 앞서간 이들이 아니라 내 길을 밝히는 등이니까.

어떤 이에게 이렇게 말한 적이 있다.

"글을 대충은 알면서도 실력이 확 늘지 않는 것은 배 속에 네 글자가 없기 때문이지."

그이는 도대체 무슨 글자냐고 내게 물었다.

"망연자실, 바로 이 네 글자!"

옛사람은 공부할 때 반드시 성인은 어떤 사람이고, 나는 어떤 사람인가를 따졌다. 지금 사람들은 어떨까? 옛사람의 글을 읽고 아, 좋다 감탄하면서도 마음속으로는 이렇게 절망한다.

'대단한 문장가네. 내가 따라갈 방법이 없겠어.'

이는 자신의 뜻을 이미 낮춰서 세운 것이다. 마음을 바꿔 먹어야 한다. 이렇게.

'저 사람과 나는 나이 차이도 별로 없고 재주도 크게 다르지 않지. 저 사람이 읽은 건 나도 다 읽었고, 저 사람이 하는 말은 나도 다 아는 것이지. 그런데 어찌 저 사람의 솜씨에 바보처럼 입 벌리고 놀라기만 한단 말인가? 나는 할 수 없다는 건가?'

이런 깨달음만 얻으면 글자마다 구절마다 망연자실의 경계가 아닌 게 없겠지. 그 뒤로 실력이 크게 늘지 않는 사람을 나는 못 보았다. 다른 사람의 경지에 이르지 못한 사람을 나는 한 명도 본 적이 없다. • 홍길주, 망연자실 의 경지, 『수여난필속』

홍길주의 격려에 힘을 얻기는 했다. 그래도 스티브 잡스와 피카소 와 헤밍웨이가 여전히 넘지 못할 산으로만 느껴진다면 어떻게 해야 할까? 그들을 등으로 사용하는 게 영 부담스럽다면 어떻게 해야 할 까? 그 상황에 대한 답도 홍길주는 마련해 두고 있다. '망연자실'이 답 이다.

망연자실이란 무엇인가? 멍한 상태가 되어 정신을 잃는다는 뜻이 다. 보통은 안 좋은 의미로 많이 사용한다. 홍길주는 망연자실을 앞 으로 나아가려 마음먹은 사람들이 꼭 거쳐야 할 당연한 과정으로 여 긴다. 오히려 망연자실하지 않고서는 결코 새로운 경지에 이를 수 없 는 법이라고 주장한다. 그러니까 너 또한 망연자실하기 바란다. 다른 사람이 이룬 경지에 놀라 쓰러지기 바란다. 눈물을 흘리는 것도 좋겠 지. 억울해하는 것도 좋겠지. 멍한 상태로 며칠 또 며칠을 그냥 보내 는 것도 좋겠지. 그렇게 망연자실하기 바란다. 대충 하지 말고 완전히 망연자실하기를 바란다. 그런 뒤엔 어떻게 될까?

충분히 억울해하고 절망하고 눈물 흘렸으면 어느 날 갑자기 슬그머니 새로운 마음이 나타날 것이라고 나는 믿는다. 그것이 바로 분발심이다. 분발심이 생겨나지 않는다고? 그건 제대로 망연자실하지 않았기 때문이다. 그러므로 완벽한 망연자실이야말로 성공에 이르는 지름길이다.

내 이웃 홍준모는 나이는 나보다 한 살이 많지만 글 짓는 재주는 몇 배나 뛰어났다. 어린 마음에도 그 사실이 너무 부끄러웠다. 홍준모를 넘어서기 위한 분발심으로 열심히 글을 읽고 썼다. 노력은 빛을 보았다. 몇 년 안 되어 홍준모와 비슷한 수준에 이르렀다. 그러나 내가 보기에 그즈음의 홍준모는 더 이상 진전이 없었다. 얼마 전에 홍준모를 만난 김에 농담처럼 말했다.

"앞서가는 건 자네가 나보다 잘하지 않았었나?"

우리는 서로 마주 보며 크게 웃었다. • 심노숭, 친구 앞지르기, 『자저실기』

망연자실을 통해 얻은 소박한 결실이 잘 드러난 사례를 하나 소개해야겠다. 심노숭의 글이다. 어린 시절 홍준모는 넘을 수 없는 벽이었다. 한 살 차이라는 게 믿겨지지 않을 정도였다. 심노숭은 망연자실했다. 울고 화내고 멍을 때렸다. 그런 후 분발심을 얻었다. 심노숭은 그 분발심 하나로 홍준모와의 거리를 차근차근 좁혀 나갔다. 힘이 들 때마다 망연자실의 순간을 생각하면서 앞으로, 또 앞으로 나아갔다.

　그러던 어느 날 홍준모의 글을 봤다. 제대로 봤나 싶어 눈 비비고 다시 살폈다. 홍준모의 글이 분명했다. 그러나 그건 심노숭을 망연자실하게 만들 만한 글은 아니었다. 드디어 두 사람의 순서가 바뀐 것이다. 심노숭은 걷고 또 걷는 동안 홍준모는 제자리였던 것. 홍준모를 넌지시 골리는 심노숭의 말이 참 재미있다. 물론 아무 말도 하지 않았다면 더 좋았겠지. 이기고 지는 게 중요한 건 아니니까. 하지만 심노숭은 인격보다는 쾌감을 택했다. 물론 그런 심노숭을 욕할 사람은 아무도 없을 테고. 마지막으로 둘이 함께 웃었다는 그 웃음을 한 번 생각해 보자. 심노숭은 왜 웃었을까? 홍준모는 왜 웃었을까? 둘이 함께 웃기는 했어도 그 웃음의 의미는 아마 서로 많이 달랐겠지.

내게 없는 것을 바라보며 '저것'이라고 말한다. 내가 갖고 있는 것을 자세히 보며 '이것'이라고 말한다. '이것'은 이미 얻어서 내 몸에 지닌 것이다. 그런데 내가 이미 얻은 게 내 성에 차지 않으면 어떻게 될까? 나를 만족시켜 줄 다른 것을 찾게 된다. 그래서 내게 없는 것을 바라보며 '저것'이라고 하는 것이다. 이런 태도야말로 온 세상의 걱정거리다. •정약용, 내게 없는 것을 구하다, 『여유당전서』

그래도 여전히 다른 사람이 이룬 것에 더 눈이 가는 너에게 정약용의 글을 권한다. 정약용은 단호한 목소리로 말한다. 내게 없는 '저것'만 바라보다 내가 갖고 있는 '이것'을 누리지 못하는 바보짓을 그만둬라!

꿈을 꾸는 것보다 더 중요한 게 한 가지 있다. 남이 가진 것만 바라보다 나를 잊어서는 안 된다는 것. 너의 주인은 너다. 아무리 어렵더라도 나를 잃어버리는 실수만은 하지 말자. 네가 없으면 꿈도 없다. 이 모든 상황의 주체는 너다. 좌절해라. 분노해라. 스스로 위로해라. 분발해라. 어떤 상황에서도 너를 잃지 마라. 네게 꿈이 있다면, 그 꿈을 이루고픈 마음이 조금이라도 있다면 결코 너를 잃지도 말고 잊지도 마라.

하늘은 공평하다

폐족의 처지에 어울리게 사는 방법은 뭘까? 단 하나, 독서뿐이다. 독서는 세상에서 가장 깨끗한 일이다. 비단옷 입은 권세가의 자제들은 그 맛을 모른다. 궁벽한 시골 수재들은 그 깊은 경지를 모른다. 벼슬하는 집의 자제로 태어나 어려서부터 듣고 본 사람, 그러면서도 나이 들어서 어려움에 처한 너희 같은 사람만이 참다운 독서를 할 수 있다. 다른 이들은 책을 읽을 줄 모른다는 뜻이 아니다. 글자만 읽는 행위를 독서라고 부르지는 않는다. • 정약용, 폐족이 잘할 수 있는 것, 『여유당전서』

폐족, 어감마저 쓸쓸하고 어두운 이 단어는 조상의 죄로 벼슬을 할수 없게 된 집안의 자손들을 지칭하기 위한 용도로 사용된다. 관리를 꿈꾸던 양반 가문의 자손들에게는 사형 선고나 마찬가지였다. 정조에게 사랑을 받던 정약용은 정조 사후 노론의 정치적인 공세에 시달리다 유배객이 되었다. 천재 소리를 듣던 정약용은 상황이 쉽게 바뀌기는 어렵다는 사실을 예감했다. 왜 그런 결론에 이르렀을까? 정적들은 정약용의 모든 면을 다 미워하고 싫어했다. 다른 사람이었다면 그냥 넘어갈 문제도 정약용이라는 이름 때문에 걸고 넘어졌다. 정약용의 예감은 적중했다. 유배지인 강진에서 벗어나는 데 19년이 걸렸다는 사실이 그 증거다. 정약용의 상실감은 대단했겠지. 하루아침에 모든 것을 다 잃어버린 셈이니.

그런데 정약용은 그 와중에도 자식들 걱정을 한다. 자신 때문에 목표를 상실한 처지가 된 자식들 걱정에 잠을 이루지 못했다. 이런 자식들에게 도대체 어떻게 위로를 해야 할까?

정약용이 쓴 방법은 예상 밖이다. 오히려 폐족이기에 더 잘할 수 있는 게 있다고 독려부터 하고 나선다. 그건 바로 독서다. 대단한 비법 같은 걸 기대했던 너로서는 좀 실망스러울 수 있겠다. 실망은 뒤로 미루고 정약용이 그렇게 생각한 이유부터 들어 보자.

정약용은 잘나가는 양반집 자제들은 독서의 맛을 모른다고 주장한다. 왜? 책을 읽지 않아도 그들은 잘나갈 테니까. 성공으로 가는 넓고

좁은 길, 지름길과 샛길, 지도에 없는 길까지 두루 잘 알고 있는 그들이 굳이 어려운 책을 읽느라 머리 싸맬 이유는 하나도 없으니까. 정약용은 시골에 사는 수재들 또한 독서의 깊은 경지를 잘 모른다고 주장한다. 왜? 책을 읽고자 하는 마음은 강하지만 식견의 부족으로 제대로 읽을 수 없을 테니까.(시골 수재를 무시하는 발언일 수도 있겠다. 그러나 수도권에 거주하는 자식들을 격려하기 위한 편지라는 사실을 잊지 말기 바란다.)

그렇다면 한때 잘나갔다 폐족이 된 이들이 독서를 잘할 수 있는 이유는 무엇인가? 첫째, 늘 독서하는 아버지를 두었기 때문이다. 둘째, 집안 전체가 겪은 어려움을 통해 책을 깊이 이해할 수 있는 마음을 얻었기 때문이다. 정약용은 자식들이 알아듣지 못했을까 봐 이렇게 보충해서 말하기도 한다.

'완전무결한 것에 감탄할 이유는 없다. 부족한 것을 보완해 완전하게 만드는 것이야말

로 진정 감탄할 만한 일이다.'

물론 정약용이 자식들에게 독서만 권유한 건 아니다. 정약용은 편지의 수신자인 두 아들에 대한 애틋한 마음 또한 그대로 드러낸다. 장남 정학연에게는 어릴 적부터 글을 짓는 일에 재주가 있었다고 칭찬한다. 정학연이 열 살 때 지은 글이 자신이 스무 살 때 지었던 글보다 더 훌륭하다고 평가했으니 극찬이라 말해도 좋을 터. 둘째 정학유에게 한 말은 조금 묘하다.

'내가 볼 때 재주는 네 형보다 한 등급 떨어지는 것 같구나. 하지만 성품이 자상하고 남들을 배려하는 마음이 강하니 독서에 전념하면 좋은 결과가 나올 수도 있을 거다.'

꼭 이렇게 꼬집어 언급해야 하나 하는 마음도 들지만 다른 한편으로 생각하면 억지 칭찬보다는 이편이 더 나을 것 같기도 하다. 두 아들은 아버지의 조언을 가슴에 깊이 새겼다. 글재주가 훌륭했던 정학연은 손꼽히는 시인으로 성장했고, '한 등급' 떨어진다는 냉정한 평가를 받았던 정학유는 『시경』에 나오는 동식물을 고증한 책 『시명다식』을 쓰는 등 아버지의 기대를 넘어서는 결과를 이루어 냈다.

그러나 이 편지는 실은 두 아들에게 쓴 것만은 아니라는 사실을 짚고 넘어가야겠다. 무슨 말이냐 하면 이 편지는 실은 자기 자신에게 쓴 것이기도 하다는 뜻이다. 편지 중간에 정약용은 독백하듯 다짐하듯 이렇게 썼지.

'하늘과 땅 사이에 홀로 선 나는 글 쓰는 일에 내 모든 것을 다 바치고 있다.'

우리는 이 다짐이 어떤 결과로 이어졌는지 잘 안다. 『여유당전서』 500권! 정약용이 죽었다는 소식을 들은 홍길주가 '수만 권의 서고가 한꺼번에 무너졌다'며 탄식했던 까닭이다.

🍃 하늘은 만물을 고르게 덮어서 가려 주는 법이다. 내게만 후할 이유가 없다는 뜻이다. 다른 이들을 궁하게 만들었다 통하게 만들었다 하는데 어찌 나만 항상 잘되기를 바라는지! 다른 이들을 굽히기도 했다 펴기도 하는데 어찌 나만 항상 펴지기를 바라는지! •홍길주, 하늘은 공평하다, 『수여난필』

세상이 공평하다고는 차마 말할 수 없겠지. 눈앞에 뻔히 보이는 금수저들을 유령 취급할 수는 없겠지. 그래, 인정할 건 인정하자. 남보다 훨씬 많은 것을 갖고 태어난 금수저들은 분명히 존재한다. 노력하지 않는데도 많은 것을 누리는 이들은 분명히 존재한다. 불평등이 눈앞에 보이는 만큼 모두가 공정한 기회를 얻는 세상을 만들려는 노력은 결코 멈추어서는 안 될 일이다. 그럼에도 홍길주와 같은 쿨한 태도 또한 분명히 필요하다고 나는 믿는다.

문제를 남 탓으로 돌리는 건 어떤 의미에선 문제를 회피하는 것이지. 회피만 해서는 결코 문제를 해결할 수 없지. 그러므로 잘 안되는 게 실은 내 탓이기도 하다는 사실을 과감하게 인정할 필요가 있다. 변화를 위한 노력은 나와 사회의 개혁이 동시에 이루어져야 빛을 발할 수가 있다는 말이다.

다시 말한다. 홍길주 말대로 하늘은 특정한 사람의 편을 들지 않는다. 하늘마저 내 편이 아니라니, 원망스러울 수도 있겠다. 그러나 홍길주의 말은 뒤집어 보면 희망이기도 하다. 하늘이 나에게만 박하게 굴 이유 또한 없다는 뜻이니까. 홍길주의 말, 한 번 믿어 보기라도 하

자. 그러려면 물론 우리 자신을 돌아보는 일부터 게을리하지 말아야
겠지.

🌸 정자와 주자의 훌륭한 학문과 반고와 사마천의 뛰어난 문장을 도대
체 누가 따라 하지 말라고 하기에 다들 따라 하지 않는 건가? 스스로 체념
하는 자들에게 하는 말이다. • 성대중, 체념은 스스로 한다, 『청성잡기』

정자와 주자는 성리학의 기틀을 세운 사람들이며, 반고와 사마천
은 역사가의 중요성을 세상에 널리 알린 사람들이다. 사람들은 그들
의 학문과 글이 뛰어나다고 입에 침을 튀기며 말한다. 그런 이들에게
성대중은 진지하게 묻는다.

"그렇게 뛰어나다면서 왜 그들처럼 되려고 하지는 않나?"

너무 모범생 같은 말처럼 들리는 단점은 있다. 나는 성대중이기에
이런 말을 한 거라고 믿는다. 성대중은 서얼이었다. 성공하기 힘든 신
분이었다는 뜻이다. 절망에 빠져 하루하루를 보낼 수도 있었다는 뜻
이다. 그럼에도 그는 자기 신분을 모르는 사람처럼 살았다. 그는 과거

에 응시해서 급제했고, 관직을 얻어 냈다. 그의 벼슬은 북청 부사에 이르렀다. 함경도 북청의 부사가 되었다는 것, 다른 양반이 거둔 성취에 비하면 미미한 것일 수도 있겠다. 그러나 그의 태생을 감안하면 이는 대단한 성공이었다.

물론 성대중은 이를 위해 평생 조심 또 조심을 하며 살았다. 이덕무처럼 돋보이는 글을 쓰려 노력하지도 않았고, 박제가처럼 과감하게 자신의 생각을 밝히지도 않았다. 그랬기에 성대중은 작은 성공을 거두었다. 빛이 있으면 그늘도 있는 법. 조심 또 조심하며 살았던 성대중은 이덕무나 박제가에 비하면 덜 유명한 인물이 되었다. 그렇다고 그의 삶을 실패로 규정하는 건 잔인하다. 성대중에겐 성대중만의 장점이 있었다. 성대중은 절망하지 않은 사람이었다. 체념하지 않은 사람이었다. 꿈을 향해 묵묵히 걸어갔던 사람이었다. 그의 가치는 이것만으로도 충분하지 않을까?

끝날 때까지 끝난 게 아니다

권력과 명예를 손에 넣지도 못했지만 젊은 시절의 기상은 이미 시들해졌습니다. 힘 빠진 망아지가 우리 안에서 서성거리는 격이라 하겠습니다. 참으로 비참하지요? 그러나 잘되고 못되고는 본래부터 정해진 분수가 있는 법, 하늘도 헤아릴 수 없는 것입니다. 대장부의 일생, 그건 관 뚜껑을 덮어야 끝나는 법이지요. 제 혀는 여전히 붙어 있다는 것, 절 보면 아실 겁니다. 골짜기의 용을 고삐와 쇠사슬로 묶으려 하지 마십시오. 용을 길들이긴 어려운 법입니다. • 허균, 용 길들이기, 『성소부부고』

허균은 말한다. 너는 바로 골짜기의 용이라고. 골짜기의 용은 길들여지지 않는다. 고삐와 쇠사슬로도 묶어 둘 수 없다. 지금은 움츠리고 있지만 너는 강하다. 자유를 갈구하는 너는 분명 하늘로 솟아오를 것이다. 그날을 기다려라. 좌절하지 마라. 용기를 잃지 마라.

명쾌하기 그
지없다! 이래서
나는 허균을 좋아한
다. 허균에겐 사람의 마음을 들끓게 하는 기상
이 있다. 대장부의 일생은 관 뚜껑을
덮기 전엔 끝나는 것이 아니란다. 이
말에다 또 무엇을 보탤 수 있을까?
지금보다 더 어려웠던

넌 내 거야~!

시절 허균의 이 말 한 마디는 내게 큰 위로를 주었다. 장부도 아니면서 대장부를 입에 달고 살았다! 지금 생각하니 좀 부끄럽긴 하다. 그러나 위기를 이겨 나갈 수 있다는데 부끄러움 탓에 그만둘 수는 없는 일. 나는 너 또한 대장부이자 용이라고 믿는다. 그러니 허균의 말을 위안 삼아 어려운 시절을 견디고 또 견디기를 바란다.

안개 끼지 않는 새벽은 없지만 그 안개가 새벽을 어둡게 만들지는 못한다. 구름 끼지 않는 낮은 없지만 그 구름이 낮을 밤으로 만들지는 못한다. • 신흠, 새벽과 낮은 온다, 『상촌집』

허균 식의 힘찬 격려도 훌륭하지만 신흠 식의 나직한 위로도 참 좋다. 그렇다. 안개가 자욱해도 새벽은 새벽이다. 구름이 가득해도 낮은 낮이다. 안개는 분명 걷힐 것이고 구름은 분명 사라질 것이다. 읽고 보니 이보다 더 옳은 말은 없다. 너에게 말한다. 안개와 구름만 보고 새벽과 낮이 오지 않는다고 좌절하고 포기하지는 말자.

부채를 흔들어 바람을 일으킨다. 물을 뿜어 무지개를 만든다. 재로 달무리를 이지러지게 한다. 여름에 끓는 물로 얼음을 만든다. 나무로 만든 소를 움직인다. 구리종이 스스로 소리를 내도록 만든다. 소리로 귀신을 부른다. 기를 동원해 뱀과 호랑이를 막는다. …

이토록 큰 지혜와 능력을 갖고 있는데 몸의 욕구에 굴복해 술, 여자, 재물, 혈기에 빠져 허우적거린다. 세상에서 이보다 더 슬픈 일은 없겠지. • 이용휴, 있는 지혜와 능력을 쓰지 않는 이유, 『혜환잡저』

이용휴에 따르면 우리의 능력은 우리가 생각하는 것 이상이다. 우리는 부채를 흔들어 바람을 일으킬 수도 있으며, 물을 뿜어 무지개를 만들 수도 있으며, 소리로 귀신을 부릴 수도 있으며, 뱀과 호랑이를 맨손으로 막을 수도 있다. 거짓말이라고? 마술사도 아닌데 무슨 그런 기괴한 능력이 있느냐고? 거짓말이 아니다. 실제로 우리가 다 이뤄낸 일이다. 우리가 사는 21세기 사회가 바로 그 증거다.

만물의 영장이라 불리는 인류는 지혜 하나로 불가능을 가능으로 바꾸었다. 조선 선비가 우리가 사는 세상을 본다면 분명 이는 귀신의 능력이라 말했을 것이다. 네가 말한다. 천재들이 해낸 거지 네가 한 일은 아니라고. 내가 대답한다. 천재들도 인간이고 너와 나 또한 인간이라고. 그런데도 우리는 늘 안 된다고만 말한다. 성공할 가능성이 전혀 없다고만 말한다. 그러면서 꿈을 포기하고 헛된 일에 몰두하며 하루하루를 허비한다. 이용휴의 탄식대로 세상에서 이보다 더 슬픈 일은 없다!

우리 모두는 한 마리의 특별한 용이다. 살아 숨 쉬는 대장부다. 우리는 우리 생각보다 훨씬 강한 존재다. 그러니 무슨 일이 있더라도 스스로 포기하지는 말자. 걷다가 쓰러지더라도 버틸 수 있을 때까지는 버텨 보자.

지도 속에 사람이 보이지 않는 이유

🖊 벽에 걸린 지도를 흘깃 보았다가 나도 모르게 세 번 빙긋 웃었다. 천하는 참으로 큰 곳이다. 천하의 크기에 비하면 나라는 존재는 있다고 말하기도 어렵다. 그저 좁고 하찮고 구차한 모퉁이에서 생겼다 사라지는 존재일 수밖에. • 유만주, 지도 속의 사람, 『흠영』

사학자를 꿈꾸었던 유만주는 지도라는 물건을 무척 좋아했다. 지도책을 모으고 틈이 날 때마다 들춰 보았다. 어느 흐리고 더운 날 그는 심심풀이 삼아 유형원이 편찬한 지리서 『동국여지지』를 뒤적거렸다. 산음현(지금의 산청)에서 멈추었다. 설명을 쭉 읽었다. 산음현은 서울에서 839리 떨어져 있으며, 현의 서쪽에서 30리를 가면 지리산에 이른다고 적혀 있었다. 유만주는 입으로 839와 30이라는 숫자를 중얼거렸다. 설명은 구체적이었지만 숫자만으로는 실제 모습이 잘 와

닿지 않았다.

그래서 유만주는 다른 지도책을 꺼내 산음현을 펼쳤다. 경상도에 속한 산음현은 단성, 함양, 합천 등과 경계를 이루고 있었으며, 지리산과는 거의 붙어 있었다. 지도를 보니 조금 전의 숫자가 비로소 실감이 났다. 몰랐던 사실을 배운 것 같아서 유만주의 기분도 덩달아 좋아졌다.

유만주는 세계 지도에도 관심이 많았다. 그의 일기에 마테오 리치에 대한 언급이 여러 차례 등장하는 것으로 보아 〈곤여만국전도〉 또한 소유하고 있었을 것 같다. 유만주의 글은 아마도 그 지도를 보고 쓴 것일 테고.

그런데 유만주는 지도를 보며 세 번 빙긋 웃었다고 썼다. 갑자기 왜? 지도에서 자기의 모습을 보았기 때문이다. 물론 마테오 리치가 편찬한 세계 지도에 유만주의 모습이나 이름이 있을 리 없다. 마테오 리치가 유만주라는 개인을 알았을 리는 없었을 테니까. 설령 알았다고 해도 지도에 넣었을 리는 없었을 테니까.

그렇다면 유만주는 무슨 말을 하고 있는 걸까? 나는 이렇게 말하고 싶다. 유만주의 모습이나 이름이 없다는 사실 자체가 유만주의 존재

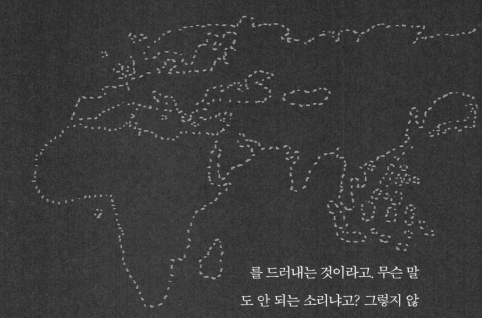

를 드러내는 것이라고. 무슨 말
도 안 되는 소리냐고? 그렇지 않
다. 말이 되는 소리다.

한 장의 정교한 지도엔 우리가 발 딛고 사는 세상 전부가 수록되어
있다. 그런 일이 가능한 건 세상을 실제보다 축소해서 그렸기 때문이
다. 바다도 축소했고 땅도 축소했고 사람도 축소했다. 축소했어도 바
다나 땅은 지도에 나타난다. 워낙 크고 넓으니까. 사람은 다르다. 바
다와 땅과 같은 비율로 축소했기 때문에 사람은 보이지 않는다. 사람
은 그만큼 작은 존재니까. 그러니까 사람은 지도에 없는 게 아니다.
너무 작아 보이지 않는 것뿐이다. 그랬기에 유만주는 나라는 존재는

있기는 하나 있다고 말하기도 어렵
다고 한 것이고!

　다시 말하자. 유만주는 지도
를 무척 좋아했다. 역사학에 이
름을 남기려는 꿈을 가졌던 이답게 인간사의 흥망성쇠가 깃든 세상
모든 땅을 단 한 군데도 빼놓지 않고 관찰하고자 했다. 그러나 그건
불가능한 소망이었다. 그 사실을 알았기에 유만주는 지
도를 모았고 세상에 대한 대체물 삼아 지도를 사랑했
던 것이다. 두 발로 걷는 대신 눈과 머리로 세상 구
석구석을 관찰하고 또 관찰했던 것이다. 그런

데 뜻밖에도 유만주는 지도를 통해 인간이라는 존재의 한계를 깨닫는다. 스스로는 귀하고 대단한 존재라고 느끼나 지도 속에서는 보이지도 않는 작고 작은 존재!

이 글의 교훈은 이렇다. 우리 자신의 꿈에만 몰입하다 보면 그 꿈이 세상의 전부처럼 보인다. 그래서 세상의 거대함을 어느새 잊게 된다. 세상 속에 사는 자신의 존재를 지나치게 크게 생각하는 오류를 범하다 보니 다른 존재들을 망각하게 된다.

그러니 꿈을 꾸되, 겸허해지자. 우리는 세상의 주인이 아니라 세상 속에서 세상과 더불어 사는 작은 인간임을 잊지는 말자. 우리의 꿈이 다른 이들과 세상을 파괴하는 건 어떤 경우에도 용납되지 않는다는 사실을 명심하고 또 명심하자.

이 세상에 임시로 살지 않는 사람은 없다. 어리석은 사람들은 자기 사는 곳을 편안하게 여기고 자기의 삶을 즐거워한다. 하지만 그건 도화원에서 나고 자라고 산 이들이 자기들 선조가 진나라를 피해 왔다는 사실을 잊는 거나 마찬가지다. 오직 사리에 통달한 사람만이 세상은 편안히 여기기에 부족한 곳이요, 인생은 유한하다는 것을 안다. • 정약용, 언젠가는 우리 모두 이 세상을 떠난다, 『여유당전서』

유만주 식의 생각을 계속하다 보면 정약용의 결론에 도달하게 된다. 정약용은 우리 모두가 실은 이 세상에 임시로 거처하고 있는 것이라고 선언한다. 주인의 것을 빌려서 쓰는 처지이면서 주인인 양 행세하는 것은 지독한 오만이라고 주장한다. 정약용은 이 글을 윤이서를 위해 썼다.

윤이서는 불행한 삶을 살았다. 윤선도의 후손인 윤이서는 시대를 잘못 만났다. 과거에 급제했으면서도 관직에 임용되지 못했다. 부모의 신주를 불태워 물의를 일으켰던 윤지충과 같은 집안사람이라는 사실이 결정적인 역할을 했지만 사소한 운 또한 그를 따르지 않았다. 궁핍했던 윤이서는 자기 이름으로 된 집조차 갖고 있지 못했다. 그래서 다른 사람의 집을 빌려서 살았다. 그러면서 그 집 뜰에다가 '얹혀사는 뜰'이라는 괴상한 이름을 붙였다. 그런 후 정약용에게 글을 의뢰했던 것.

윤이서가 왜 하필 그런 자조적인 이름을 붙였는지 우리는 잘 모른다. 그의 불행한 삶이 결정적 역할을 했으리라는 추측밖에 할 수 없다. 정약용의 글은 의미심장하다. 정약용은 윤이서가 붙인 이름에서 윤이서 개인이 아닌, 우리 모두의 한계 내지 숙명을 본다. 얹혀사는 건 윤이서 한 명뿐이 아니라는 것이다. 자기 집을 소유했건 그렇지 않건 간에 크게 보면 우리 모두는 우주와 세계에 얹혀사는 존재라는 것이다.

정약용은 도화원의 예를 든다. 도연명의 글에 등장하는 도화원은 낙원의 상징이다. 전쟁도 겪지 않았고 세상살이의 고통도 모르다니, 그곳 사람들은 세상과는 무관한 존재들처럼 보인다. 축복받은 이들처럼 보인다. 외계인처럼 보인다. 그러나 그건 착각이다. 도화원 사람들의 조상은 진나라의 핍박을 견디다 못해 도망쳤다. 사람들의 발길이 닿기 힘든 깊은 곳에 자리를 잡았다. 도화원이 살아남은 건 그래서이다.

그런데 후손들은 그 사실은 어느새 잊어버린 채 현재의 편안한 삶에만 만족하고 있다. 근본을 잊은 셈이다. 어쩌면 그 이후 도화원이 세상에서 완전히 사라진 진짜 이유일 수도 있겠다.(도화원이 다시 발견되지 않은 건 사라졌기 때문이라고 나는 믿는다.)

정약용이 직접적으로 말하지는 않았지만 고통 없는 삶은 불가능하다. 다시 말하면 낙원은 불가능하다. 왜? 우리는 얽혀사는 존재들이기 때문에. 그래서 낙원은 유토피아(utopia), 즉 이 세상에 없는 곳이지. 장자 식으로 표현하면 무하유지향(無何有之鄉), 즉 존재하나 그 어느 곳에도 없는 곳이지.

그러므로 정약용의 이 글은 윤이서를 위해 쓴 글이 아니다. 윤이서를 위로하기 위한 목적으로 시작되었지만 실은 우리 모두를 위한 글이다. 자신이 소유한 것을 지나치게 뿌듯하게 여기는 사람들, 아무것도 갖고 있지 못한 윤이서를 한심한 인간 취급하는 사람들에 대한 경고문의 역할도 겸하고 있다.

🌸 지나치게 욕심을 내고 채우지 못해 안달복달하는 이들은 어느 날 갑자기 화를 당하기 마련이다. 그럼 어떤 이들이 화를 피할까? 이익을 보고 두려워할 줄 아는 이들이다. • 남공철, 이익을 두려워하자, 『금릉집』

유만주와 정약용의 글을 읽었으니 남공철의 글은 저절로 이해가 되리라 믿는다. 어떤 면에서 꿈은 참 이기적이다. 꿈에 몰입한 사람들은 오직 자신만을 바라보며 앞으로, 앞으로 달려간다. 그 와중에 자기도 모르게, 혹은 알면서 일부러 다른 사람의 앞날을 막는다. 그래야 자기가 잘살 수 있으니까.

남공철은 말한다. 자기 욕심을 채우지 못해 안달복달하는 이들은 어느 날 갑자기 화를 당하기 마련이라고. 남공철은 또 말한다. 이익을 보고 두려워할 줄 아는 이들만이 화를 피할 수 있다고.

남공철은 자신의 말대로 살았다. 정치적 부침이 심했던 정조와 순조 시대를 살면서 영의정까지 지냈지만 커다란 화는 한 번도 입지 않았다. 정약용이나 김정희 등과 비교하면 참 편안한 삶을 살았다. 이것을 처세라고 낮춰 부를 수도 있겠다. 눈치만 보며 살았다고 비판할 수도 있겠다. 그러나 나는 자신보다는 다른 사람의 꿈을 생각하며 한 발 물러나는 습관이 남공철의 삶을 만들었다고 믿는다.

꿈을 향한 불꽃같은 정열도 참 좋지. 꿈을 이루기 위한 무한 노력도 참 좋지. 그러나 이것 하나만은 잊지 말자. 우리는 이 세계에 얹혀살고 있다는 사실! 물론 나 말고 다른 사람들도 마찬가지다. 어쩌면 우린 잘 엮혀살기 위해 애를 쓰는 건지도 모르겠다는 생각이 든다. 그러니 이제부터는 나만 바라보지 말고 다른 사람도 바라보자. 나의 꿈만 생각하지 말고 인간의 꿈만 생각하지 말고 이 세계가 존재하는 이유도 존중하자.

5

또 다른
꿈을 꾸자

만 명의 사람들을 살리고 싶다

1775년 봄, 이한길은 일을 보러 서울에 갔다. 홍역이 퍼져서 제 수명을 다 못 채우고 죽은 이들이 많았다. 병을 고쳐 주고 싶었지만 상복을 입고 있는 터라 그렇게 하지 못하고 묵묵히 발걸음을 돌렸다. 성을 빠져나왔을 때 관을 어깨에 멘 이들, 시신을 싼 거적을 등에 지고 가는 이들이 수백 명에 이르는 것을 보았다. 이한길은 더 참지 못하고 스스로에게 말했다. "내겐 의술이 있다. 그런데 예법에 구애되어 모른 체하는 것은 사람으로서 차마 하지 못할 짓이다."

이한길은 다시 친척의 집으로 돌아가 의술을 펼쳤다. •정약용, 예법과 인술, 『여유당전서』

그렇다면 이제는 자신만이 아닌 우리 모두를 위한 꿈을 가졌던 이들을 살펴볼 차례다. 먼저 이한길이다. 정약용이 전하는 그의 이야기는 대단히 극적이다. 정종 임금의 후손인 이한길은 어려서부터 의학에 관심이 많았다. 홀로 책을 읽고 깨우치기도 했고 스승을 찾아가 배우기도 했다. 이한길이 특히 관심을 가졌던 병은 홍역이었다. 지금은 어린아이들만 가끔 걸리는 병 정도로 인식되는 홍역은 조선 시대만 해도 많은 사람들의 목숨을 빼앗아 갔던 무서운 전염병이었다.

어느 날 이한길이 일을 보기 위해 서울을 방문했다. 그런데 서울에는 홍역이 대유행이었다. 사람들이 손도 쓰지 못하고 죽어 나갔다. 이한길은 돕고 싶었지만 그럴 수가 없었다. 상중이었기 때문이다. 발길을 돌리려는데 수백 구의 시신을 목격했다. 그 순간 이한길은 결심했다. 예법이니 뭐니 다 버리겠다고. 우선은 사람부터 살리고 보겠다고.

이한길은 즉시 치료에 나섰다. 사람들을 진료한 후 즉석에서 처방전을 써 주었다. 다년간 연구했던 만큼 이한길의 처방은 확실한 효과를 가져왔다. 홍역에 걸린 사람들의 수가 너무 많아 일일이 얼굴을 마주할 수 없자 이한길은 대략의 증상만 전해 듣고 처방전을 써 주었다. 이 처방전 또한 효험이 있었다. 이한길이 용하다는 소문이 나자 사람들이 몰려들었다. 개중에는 자신부터 봐주지 않는다고 화를 내는 이

제가 병을
고쳐 드리겠습니다!

들도 있었다. 이한길의 인격은 무례
한 사람들 앞에서 더욱 빛을 발휘했
다. 이한길은 무조건 사과부터 했다. 그런 뒤
처방전을 써 주었다.

이 이야기에서 가장 중요한 단어는 '예법'
이다. 이한길은 의사이기 이전에 선비였다.
예법을 어겨서는 제대로 된 선비가 될 수 없었다.
그런데 이한길은 사람들을 구하기 위해 예법을 어긴 것이다.

이렇게만 말해선 이한길의 결단이 별로 실감나지 않을 것이다. 도
대체 예법이 뭐기에 그러느냐고 의아함을 가질 수도 있겠다. 최부의
예를 드는 게 좋겠다. 업무차 제주도에 내려갔던 최부는 아버지의 부
음을 듣고 배에 올랐다. 그런데 갑작스럽게 풍랑을 만나는 바람에 최
부가 탄 배는 이리저리 흔들리다가 중국 해변에 도착했다. 중국에서
겪었던 온갖 어려움을 여기서 말하지는 않겠다. 그것이 궁금하면 최
부가 지은 『표해록』을 읽어 보기 바란다.(뒷장이 궁금할 정도로 재미있는

책은 물론 아니다! 하지만 아무런 재미도 주지 않는 책 또한 아니다!) 아무튼 최부는 무사히 조선으로 돌아왔다. 그 당시 임금이었던 성종은 최부가 중국에서 겪었던 일이 몹시 궁금했다. 그래서 최부를 청파역에 머물게 한 뒤 기행문을 쓰게 했다. 최부는 8일 만에 기행문을 완성한 뒤 고향으로 내려가 아버지 무덤 옆에 천막을 치고 살았다.

몇 해 뒤 성종은 최부를 기억해 내고는 홍문관 관원으로 임명했다. 그런데 신하들이 들고 일어났다. 최부는 상을 맞은 사람이 지켜야 할 예법을 어겼기 때문에 홍문관에 들어올 수 없다는 것이었다. 신하들의 말이 사실이기는 했다. 최부는 고향으로 내려가기 전에 청파역에 8일 동안 머물며 기행문을 썼다. 겨우 8일이었다. 그것도 임금의 명령을 받고 사용한 8일이었다. 그 8일을 신하들은 결코 용서하지 않았던 것이다.

조선이라는 나라는 이렇게 고지식한 나라였다. 그러니 이한길이 예법을 포기했다는 건 자신의 앞날에 커다란 문제가 생길 수도 있다는 사실을

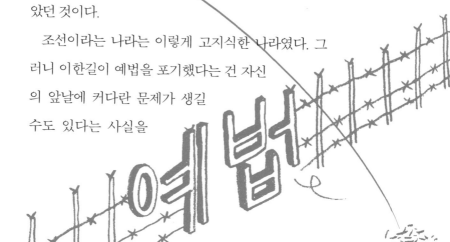

기꺼이 받아들였다는 의미가 된다. 나의 꿈보다 사람들의 삶을 더 중시했다는 의미가 된다. 이한길의 결단이 값지게 느껴지는 이유이기도 하다.

길을 가다 의원 조광일을 만났다. 비가 내려 길은 진탕이었다. 조광일은 삿갓을 쓰고 나막신을 신고 바삐 걷는 중이었다. 내가 물었다.

"어딜 그리 바쁘게 가시는가?"

"저 옆 마을에 사는 아무개의 아비가 병에 걸렸답니다. 지난번에 침을 한 번 놔 주긴 했는데 효과가 없었나 봅니다. 그래서 한 번 더 가는 길이지요."

나는 의아해서 다시 물었다.

"들어 보니 별로 이익이 될 만한 일도 아니군. 그런데 왜 궂은 날에 이렇게 고생을 하며 움직이는가?"

조광일은 말없이 웃기만 했다. 그러더니 대답도 하지 않고 가 버렸다.

• 홍양호, 나는 가난한 사람만 치료합니다. 『이계집』

탁월한 정치가로 이름이 높았던 홍양호는 젊은 시절 충청도에서

잠깐 살았다. 의원 조광일의 이름을 들은 건 바로 그 충청도에서였다. 어디 훌륭한 의원이 없느냐는 질문에 모두들 조광일의 이름을 댔던 것! 한두 명도 아니고 모두에게서 존경을 받는 의원에 대한 궁금증이 생기지 않을 수는 없었다. 그래서 조광일을 만나기로 마음을 먹었다. 홍양호는 아침 일찍 시간을 내서 조광일의 집을 방문했다. 그런데 홍양호보다도 먼저 온 이가 있었다. 허리가 굽어 제대로 걷지도 못하는 노파였다. 노파는 문을 두드리며 울먹였다. 자식이 죽어 가고 있으니 제발 도와 달라고 애원했다. 곧바로 조광일이 나왔다. 조광일은 아무 말 없이 노파를 앞세웠다. 피곤하거나 짜증난 기색은 전혀 없었다.

비가 내리는 어느 날 홍양호는 길에서 조광일과 우연히 마주쳤다. 조광일은 간단히 인사만 하고 서둘러 길을 갔다. 홍양호는 도대체 어딜 가기에 그렇게 서두르느냐고 물었다. 지난번 침을 놨던 환자를 다시 찾아간다는 대답이 돌아왔다. 왜 다시 가느냐고 물었다. 아무래도 효과가 없을 것 같은 생각이 자꾸 든다는 이유가 돌아왔다. 그래서 가만히 있을 수가 없었다는 것이었다. 환자가 요구하지 않았는데 간다는 의미였다. 사례조차 받지 못할 게 뻔했다. 운 나쁘면 왜 한 번에 제대로 치료하지 못했느냐며 욕을 먹을 수도 있었다. 그래서 물었다. 도대체 무슨 이익이 되기에 비 오는 날 고생하며 가느냐고. 조광일의 응대가 걸작이다. 조광일은 아무 말도 하지 않고 가던 길을 갔다. 네 식대로 말하면 양반인 홍양호는 천한 의원 조광일에게 그야말로 개무시를 당한 것이다! 그러나 홍양호는 그런 사소한 일에 앙심을 품을 사람은 아니었다. 앙심은커녕 조광일을 향한 홍양호의 호기심은 더 커지기만 했다. 마침내 두 사람 사이에 우정 비슷한 것이 싹 텄을 때 홍양호는 늘 궁금하게 여기던 것을 물었다.

"내가 지켜보니 그대의 능력은 참으로 출중하오. 그런데 왜 지체 높은 양반들은 치료하지 않고 돈도 안 되는 사람들만 골라 가며 돌보는 거요?"

조광일은 이렇게 답했다.

"이름난 의원들은 대부분 양반들에게 대접을 받으며 산답니다. 공짜는 아닙니다. 양반들은 조금만 아프면 수시로 의원들을 부르니까요. 의원들은 양반들 수발드느라 너무 바빠 돈 없는 이들은 아예 외면하게 되지요. 난 그게 싫습니다. 내 앞에 아픈 사람들이 잔뜩 있는데,

가난해서 치료도 못 받는 사람들이 잔뜩 있는데 굳이 돈 많고 별로 아프지도 않은 양반들을 진료할 이유가 있겠습니까?"

조광일의 말에 감탄한 홍양호는 당장 그에게 꿈이 뭐냐고 물었다. 조광일은 이렇게 대답했다.

"침을 잡고 사람들을 구한 지 십여 년입니다. 대략 계산해 보니 지금까지 내가 살린 사람들이 수천 명은 되는 것 같습니다. 내 꿈은 만 명의 사람들을 살리는 겁니다. 그러고 나면 내 일도 그럭저럭 마칠 수 있겠지요."

조광일 같은 꿈을 가진 의사는 예나 지금이나 참 드물다. 의사가 베푸는 의료 행위를 흔히 '인술'이라고 한다. 아마도 조광일 같은 사람들을 표현하기 위해 생겨난 단어겠지!

유인길 강릉 부사가 임기 만료로 떠나기 전 내게 명삼 32냥을 건네며 당부했다.

"훌륭한 물건이지만 주머니에 넣어 가는 실수를 범하고는 싶지 않아. 약 상자를 채우는 데 쓰도록 하게."

나는 이렇게 대답했다.

"고을의 공부하는 이들과 함께 쓰겠습니다."

나는 그것을 상자에 담아 서울로 가져왔다. 그 후 사신으로 뽑혀 중국에 가게 된 나는 사서삼경과 이백, 두보의 시집, 『성리대전』 등을 사서 강릉 향교로 보냈다. 그러나 향교의 유생들은 명삼 처리에 대한 논의에 참가하지 않았다는 이유를 들어 사양했다. 나는 경포호 옆 별장의 집 하나를 비우고 그 책들을 보관했다. 책을 읽기 원하는 고을의 유생들이 그곳으로 가 마음껏 읽도록 하기 위함이었다. • 허균, 모두를 위한 도서관, 『성소부부고』

조선 시대 내내 도서관은 없는 것이나 마찬가지였다. 집현전이나 규장각이 있지 않았느냐고 아는 체하며 물을 수 있겠다. 규장각을 예로 들어 보자. 규장각의 주인은 엄밀히 말하면 임금이었다. 임금의 허락 없이는 열람조차 불가능했다. 정약용은 규장각의 장서를 제한 없이 볼 수 있게 허락한 정조에 대해 감사의 마음을 표하는 글을 쓰기도 했다. 조선 후기 규장각의 상황이 이 정도였음을 감안하면 도서관을 만들겠다는 허균의 생각은 남들보다 몇 백 걸음은 앞서가는 것이었다. 아마도 허균이 책에 미친 인간이었기에 가능했겠지. 있는 돈, 없는 돈 다 긁어모아 책을 구입하던 허균이었기에 책을 보고 싶어도 볼 수가 없는 사람들에게까지 생각이 미쳤겠지.

그런데 답답한 건 유생들이다. 유생들은 허균이 사서 보낸 책들을 단칼에 거절했다. 실제 논의에 참가하지 않았다는 게 거절의 이유였다. 도대체 왜 그랬을까? 허균이라는 인간과 인연을 맺고 싶지 않았던 걸까? 자세한 사정은 나도 잘 모르겠다. 분명 대단한 이유가 있어서는 아니었을 것이다. 그러나 그런 정도의 거절과 반발에 행동을 멈출 허균이 아니다. 그들이 그러거나 말거나 허균은 자기 소유 별장의 건물 하나를 비워 도서관을 만들었다. 책을 보기 원하는 이들을 위해 문을 활짝 열어 놓았다.

도대체 어떤 도서관이었는지 궁금하지 않니? 궁금증을 해소할 방법이 있다. 원한다면 지금이라도 당장 허균의 도서관을 볼 수 있다. 강릉의 경포호를 방문하기만 하면 된다. 무슨 소리냐고? 조선 시대 도서관이 여태껏 남아 있을 리가 없다고? 네 말이 맞다. 도서관은 사라졌다. 하지만 도서관이 있던 자리는 그대로 남아 있다. 강릉시에서는 호서장서각 터라는 안내판까지 만들었다. 나는 그 안내판 하나로도 허균과 그의 도서관을 느끼기에는 충분하다고 생각한다. 안내판 앞에서 눈을 감고 허균을 떠올리기 바란다. 세상 사람들 모두가 책을 빌려 가기를 소망했던 허균의 꿈을 떠올리기 바란다. 운이 좋으면 너는 허균의 도서관을 만날 수도 있을 것이다. 더 운이 좋으면 허균이 사랑했던 오래된 책 냄새가 소나무 숲을 가로질러 너에게 도달하는 아름다운 순간을 체험할 수도 있으리라 나는 믿는다.

어느 날 내 친구가 갑자기 거금이 생긴다면 어떻게 쓸 거냐고 물었다. 그 싱거운 질문에 나는 이렇게 대답했다.

"절반을 들여 비옥한 밭부터 사야겠지. 그다음엔 가난한 친척들에게 나눠 주겠네. 혼례를 치르거나 상을 당한 사람, 굶주리거나 추위에 떠는 사람, 병자나 어려움을 만난 사람에게도 나눠 주겠네. 그들이 친구이건 아예 모르는 사람이건 말이야. 그다음엔 수만 권의 책을 사겠네. 어질고 똑똑하고 배우기 좋아하는 이들에게 빌려줄 수 있도록. 절반으로 밭을 사겠다는 건 재물을 늘리는 일이 끝나지 않은 걸 뜻하지. 어떤가, 내 생각이 제법 괜찮

은가?" • 이덕무, 갑자기 돈이 생긴다면, 『청장관전서』

꿈도 꾸지 못했던 많은 돈이 한꺼번에 들어오는 상상을 한 번 해 보지 않은 사람은 없겠지. 나 또한 그렇다. 내가 쓴 책이 어느 날 갑자기 이유도 모르게 많이 팔려서 거액의 인세가 들어오는 꿈을 거의 매일 꾼다. 그렇게 들어온 돈을 어디에 쓰면 좋을까 고민 아닌 고민을 한다. 참 한심하지? 실컷 웃었으면 이제 이덕무의 돈 쓰는 방법을 살펴보자.

이덕무는 절반은 자신이 챙기겠다고 말한다. 자기 몫의 돈으로 비옥한 밭을 사겠다고 말한다.(나는 이래서 이덕무가 좋다. 그래, 상상 속의 돈이긴 하지만 챙길 건 챙겨야지!) 나머지 절반은 사회를 위해 쓰겠다고 한다. 가난한 친척들, 친구들, 그 밖에 도움이 필요한 사람들에게 두루 쓰겠다고 한다. 남는 돈으로는 책을 사겠다고 한다. 배우기 원하나 가난해서 책 한 권 갖지 못하는 이들에게 그 책을 빌려주겠다고 한다.

역시! 책벌레로 유명한 이덕무였던 만큼 허균과 생각이 똑같다. 물론 허균은 실제로 도서관을 세웠고 이덕무는 머릿속으로 세웠지만 말이다. 재미있는 건 절반을 들여 밭을 사겠다고 한 까닭이다. 이덕무는 그래야 재물을 늘릴 수 있기 때문이라고 설명한다.(재미가 좀 없는 생각이기는 하다. 이덕무는 역시 속물은 아니었다!) 재산이 계속 늘어나야 이덕무가 계획한 사회 환원이 지속적으로 이뤄질 수 있기 때문이라는 것이다. 상상 속의 돈 쓰기라지만 이덕무는 참 훌륭하다. 나와는 전혀 다른 인간이다. 우리도 세상을 위해 무엇을 할 것인지 고민하자. 당장 닥칠 일처럼 진지하게 고민하자. 비록 상상 속에서나 가능한 사건일지라도 말이다.

진짜 아름다운 꿈

🍃 달은 서산에 걸렸다. 산 그림자는 바다에 거꾸로 비쳤고, 바다의 반쪽은 그늘졌다. 적들의 배가 그 그늘 속에서 수도 없이 나타나 우리 배에 접근을 시도했다. 중군에서 먼저 대포를 쏘며 소리를 질렀다. 나머지 배들도 그대로 따랐다. 우리가 미리 대비하고 있었다는 사실을 깨달은 적들은 조총을 쏘았다. 요란한 소리가 바다를 뒤흔들었다. 총탄은 비가 되어 바다에 쏟아졌다. 적들은 더 가까이 오지는 못하고 도망가 버렸다. 여러 장수들이 장군을 신으로 여겼다. • 유성룡, 신의 경지, 『징비록』

🌸 통신사가 일본에 갈 때 그 또한 선발되었다. 사신들 중엔 문장에 능한 이들이 많았으나 신통하고 재빠르기로는 그를 따라갈 이가 없었다.
일본 사람들은 원래부터 교활해 우리나라 사신들이 갈 때마다 갑자기 무리를 지어 와서 시문을 요구하거나 자신들이 지은 시문에 평을 해 달라고 조르곤 했다. 갑작스럽게 몰려드는 이유는 골탕 먹이기 위해서였다. 황당한 상황이지만 사신들은 원숭이 같은 그들에게 지고 싶지 않았다. 그래서 붓을 휘두르고 종이에 먹을 뿌리며 요구에 응했다. 그러면서도 시간이 촉박함을 늘 걱정했다.

이언진이 도착하자 비슷한 일이 벌어졌다. 일본 사람들은 부채 오백 개를 가지고 와서 시를 써 달라고 했다. 그는 재빨리 먹을 갈아 한편으로는 시를 읊고 다른 한편으로는 시를 써 짧은 시간 안에 일을 다 마쳤다. 빙 둘러서서 지켜보던 일본 사람들이 서로 돌아보며 놀라고 기뻐했다. 하지만 일본 사람들은 일본 사람들이었다. 기뻐하며 돌아갔던 그들은 새 부채 오백 개를 가지고 다시 와서 이렇게 말했다.

"공의 재능에는 충분히 감복했습니다. 이번에는 공의 기억력을 시험해 보고 싶습니다."

새 부채 오백 개에 조금 전 지었던 시들을 그대로 다시 써 달라는 뜻이었다. 맹랑한 요구였으나 이언진은 응했다. 한편으로는 생각하고 한편으로는 써 나갔다. 잠시 후 붓을 던지고 옷을 여몄다. 일본 사람들은 그가 새로 쓴 시들을 아까의 시들과 비교했다. 똑같았다. 일본 사람들은 놀라고 감탄하여 혀를 내둘렀다. 그러고는 이렇게 말했다.

"공은 신이십니다." • 유재건, 신이라 불린 시인, 『이향견문록』

'신'과 같다는 것, 사람이 받을 수 있는 최고의 찬사겠지. 두 사람의 이름이 당장 머릿속에 떠오른다. 이순신과 이언진이다. 이순신을 모르는 사람은 없을 것이다. 이언진을 잘 아는 사람은 거의 없을 것이다. 그럴 만하다. 이순신은 국난 극복의 영웅이었다. 이언진은 계미년 (1764) 통신사행의 일원으로 일본에 다녀온 하급 역관에 지나지 않았다. 그런데 재미있는 사실이 하나 있다. 두 사람 모두 '신'과 같다는 말을 들었다. 한 사람은 부하 장수들에게서, 다른 한 사람은 일본인들에게서 들었다. 이순신은 당연하나 이언진에 대해서는 고개를 갸웃거릴 수도 있겠다. 이순신이야 바람 앞 촛불 같던 위기에서 나라를 구한 장군이니 신이라 추앙받는 게 당연하나, 고작 시 오백 편 외운 게 전부인 이언진이 신 취급을 받은 건 일본인 특유의 호들갑스러운 과장이라 여길 수도 있겠다.

나는 그렇게 생각하지 않는다. 이순신은 이순신대로, 이언진은 이언진대로 신이라 불릴 만하다. 왜? 이순신과 이언진 모두 한 분야에 평생 정진한 사람들만이 보여 줄 수 있는 최고의 결과를 만들어 냈으니까. 시 오백 편을 한 자 틀리지 않고 외운 신기의 솜씨가 나라를 구한 일에 비해 폄하되어야 할 이유는 전혀 없다. 나는 문학보다 국가에 더 높은 가치를 두는 오래된 편견에 결코 찬성하지 않는다! 인간의 삶에 문학이 기여한 바는 국가의 그것에 비해 결코 떨어지지 않는다!

논쟁을 할 생각은 없으니 다시 본론으로 돌아가자. 나는 이 두 사람의 이야기를 읽을 때마다 정신이 아득해진다. 생의 한 지점에서나마 신의 경지에 이르는 것, 그건 꿈꾸는 자들의 궁극적인 소망이겠지. 물론 그 순간은 짧다. 그 짧은 절정 뒤에는 하강이 기다리고 있다. 이순신은 전쟁터에서 목숨을 잃었고, 이언진은 자신의 재능을 알아주지 않는 조선에 절망한 나머지 요절했다. 그래도 두 사람은 아름답다. 그들을 통해 우리는 최고가 무엇인지를 깨달았다. 그들이 이룬 최고의 성취와 갑작스러운 하강, 그리고 때 이른 죽음으로 우리는 어떤 꿈은 짧기에 더 가치가 있다는 깨달음을 얻게 되었으니까.

누군가 나에게 세상에서 가장 마음 시원한 일이 무엇이냐고 묻는다면 이렇게 대답할 것이다. … 집안일을 잘 정돈해 둔 후에 혼자서 여기저기 돌아다니며 세상의 이야기를 물어보고 찾아다니겠다. 무뢰배가 되어도 좋고 거지가 되어도 좋고 장사꾼이 되어도 좋고 탁발승이 되어도 좋고 이방인이 되어도 좋다. 내가 물어보고 찾아다니려는 이야기들은 과거에는 없던 것이겠지. 그 이야기들을 빠짐없이 적어 책으로 만들어야겠다. 이 세상에서 가장 신기한 책이 되겠지 • 유만주, 세상을 떠도는 이야기꾼, 『흠영』

또다시 유만주다. 그를 좋아하는 나는 지금 인용한 글이야말로 유만주가 남긴 수많은 나날들의 일기 중에서 가장 아름다운 부분이라고 감히 평하고 싶다. 앞에서도 말했듯 유만주는 세속적인 기준에서 볼 때 인생에 실패한 사람이었다. 과거에도 급제하지 못했다. 평생소원이던 사학자의 꿈도 이루지 못했다. 일기 말고는 그 어떤 책 한 권도 세상에 남기지 못했다. 그런데 그의 글은 아름답다. 절망 속에서 평생을 살았던 사람이 남긴 글이라고는 도무지 믿기지가 않는다.

유만주는 이야기를 수집하는 사람이 되고 싶다 했다. 자신을 둘러

싼 답답한 환경에서 홀로 뛰쳐나와 세상을 떠돌며 이 이야기, 저 이야기 수집하는 사람이 되고 싶다 했다. 여태껏 존재하지 않는 새로운 이야기를 모아 책을 내고 싶다 했다. 물론 유만주는 자신의 내밀한 꿈을 이루지 못했다. 유만주는 가족과 사회에서 평생 벗어나지 못했다. 그저 죽는 날까지 일기만을 쓰고 또 썼을 뿐이었다. 그 일기에는 그가 꿈꾸었던 온갖 소망들이 빼곡하게 담겨 있다. 나는 너에게 이렇게 묻고 싶다.

꿈은 이뤄져야만 아름다운 걸까?

꿈을 꾸는 그 순간이 실은 가장 소중한 때가 아닐까?

최홍효는 모든 이들이 알아주는 명필이었다. 그가 과거 시험을 보러 갔을 때의 일이었다. 답안지를 작성하다 보니 자신이 쓴 글씨 하나가 눈에 들어왔다. 왕희지의 글씨와 너무도 비슷했다. 최홍효는 시험이 끝날 때까지 그 글씨를 쳐다보았다. 차마 답안지를 내지 못하고 자신의 품에 안고 돌아왔다. • 박지원, 왕희지를 닮은 글씨, 『연암집』

성공에 눈이 먼 사람은 결코 최흥효를 이해하지 못하겠지. 그러나 이루어지기 어려운 불가능한 꿈을 한 번이라도 꾸었던 사람은 최흥효의 마음을 단번에 이해할 것이다. 최흥효는 왕희지 같은 서예가가 되고 싶었다. 왕희지가 누구인가? 중국의 수많은 서예가들 중에서도 첫손가락에 꼽히는 전설적인 명인이다. 닮고 싶다고 해서 닮을 수 있는 인물이 아니다. 그런데 최흥효의 목표는 바로 그 왕희지였다. 최흥효의 수련 과정이 어렵고 또 어려웠음은 더 말할 필요가 없겠다. 그러나 최흥효는 세상 속에서 한 사람의 선비로 살아가야 하는 사람이기도 했다. 양반 가문 자손이자 가장으로서의 책무도 다해야 했다. 그래서 과거 시험에 응시하지 않을 수가 없었다.

　　그러던 어느 시험 날의 일이다. 최흥효가 자신 있어 하는 문제가 나왔다. 최흥효는 운이 참 좋다고 여기며 정신없이 답안지를 작성했다. 어느 정도 초안을 잡은 후 한숨을 돌리고 다시 답안지를 보았다. 글의 논리를 점검하던 그의 눈에 글씨 하나가 들어왔다. 다른 글씨는 안 보이고 딱 하나의 글씨만 보였다. 왕희지를 닮은 글씨! 평소에 그렇게 쓰고 또 써도 제대로 되지 않았던 글씨가 정신없이 쓴 답안지 속에 있었던 것!

  최흥효는 붓을 내려놓았다. 그 순간 생각도 멈추었다. 조금 전까지
자신이 하던 일을 다 잊은 채 최흥효는 왕희지를 닮은 그 글씨 하나
만을 쳐다보고 또 쳐다보았다. 시간은 빠르게 흘렀다. 사람들이 웅성
거렸다. 시험 시간이 다 끝난 것이다. 사람들은 작성한 답안지를 제출
하고 밖으로 나갔다. 최흥효는 어떻게 했나? 마지막까지 고민하던 그
는 답안지 제출을 포기했다. 자신이 쓴 답안지
를 챙겨서 나왔다. 왜? 왕희지를 닮은 글씨
하나 때문에!

  박지원은 '기예를 위해 목숨을 바쳐도 좋다
고 여긴 사람'이라고 썼다. 참으로 적합한 평가
라고 나는 생각한다. 꿈이 이뤄지는 건 어쩌면
단 한순간의 일인지도 모르겠다. 갑자기 왔

답안지도 안 내고
어딜 가시오?

다가 사라지는 헛된 것인지도 모르겠다. 그러므로 그
짧은 순간이 참으로 중요하다. 그 순간이 왔을 때 다른
모든 것을 버릴 수 있는 사람, 헛된 것이라도 손
내밀어 잡는 사람, 어쩌면 그 사람들이야말로 진짜 꿈을 꾸는 사람들
인지도 모르겠다.

　너더러 이런 사람이 되라는 것은 아니다. 이 경지는 우리에겐 너무
아득하다. 다만 이런 경지에서 사는 사람들도 있다는 사실만은 네가
알았으면 한다. 성공과는 하등 관계없는 진짜 아름다운 꿈을 위해 노
력하는 사람들도 있다는 사실 하나만큼은 네가 알았으면 한다. 그래
서 나는 자문한다.

　우리가 사는 세상이 아름다운 것, 이런 사람들이 있기에 그런 건 아
닐까?

❶ 진짜 꿈을 꾸려면

❷ 세상은 왜?

울고 화내고 멍때려라
출처

나의 한 글자 01 꿈

울고 화내고 멍때려라

초판 1쇄 발행 2018년 2월 27일
초판 5쇄 발행 2021년 6월 1일

지은이 설흔 그린이 신병근
펴낸이 이수미
기획 편집 이미혜
북 디자인 신병근
마케팅 김영란

종이 세종페이퍼 인쇄 두성피엔엘 유통 신영북스

펴낸곳 나무를 심는 사람들
출판신고 2013년 1월 7일 제2013-000004호
주소 서울시 용산구 서빙고로 35. 103-804
전화 02-3141-2233 팩스 02-3141-2257
이메일 nasimsabooks@naver.com
블로그 blog.naver.com/nasimsabooks

ⓒ 설흔, 2018
ISBN 979-11-86361-60-3
      979-11-86361-59-7(세트)

• 이 도서의 국립중앙도서관 출판예정도서목록(CIP)은
  서지정보유통지원시스템 홈페이지(http://seoji.nl.go.kr)와
  국가자료공동목록시스템(http://www.nl.go.kr/kolisnet)에서 이용하실 수 있습니다.
  (CIP제어번호: CIP2018004168)

• 책값은 뒤표지에 있습니다. 잘못된 책은 바꾸어 드립니다.